M. Grossman

Dwanaście

I0533107

Redakcja i korekta:
Jana Borodowska

Projekt okładki (przód):
Krzysztof Sado Sadowski

Fotografia na przedniej okładce:
© **Krzysztof Sado Sadowski**

Projekt okładki (tył):
Tomasz Kozieł

Fotografia autora:
© **Alina Popielska-Kozieł**

grossman@alternatywa.com

Prolog

– Wyłącz czajnik... – usłyszałem jak przez mgłę wymamrotane słowa, które nie miały dla mnie sensu.

– Jaki czajnik? – zapytałem, a w myślach dorzuciłem: – Przecież ja nie mam żadnego czajnika. Chyba...

– No, budzik czy to, co tak tam gwiżdże – dodała bardziej już rozbudzona.

Otworzyłem oczy i spojrzałem na nią półprzytomnym wzrokiem. Kosmyki włosów posklejane spermą utworzyły na jej czole zabawne loczki. Wybuchnąłem śmiechem.

– Dobrze się czujesz? Wyłączysz to, co tak piszczy? – nie mówiła już takim namiętnym głosem jak ten, którym raczyła mnie jeszcze kilka godzin temu.

– To budzik w telefonie – odparłem i sięgnąłem za tapczan, gdzie schowała się mała, skrzecząca gnida. Po paru koślawych próbach palec trafił we właściwą ikonę na ekranie dotykowym i uciszył softwarowego bydlaka, który budził mnie co rano.

– Idziesz się wykąpać? – Nie mogłem oderwać wzroku od śmiesznych loczków na czole i czułem, że w kącikach ust drga mi kretyński uśmieszek.

– Tak, pora już chyba na mnie. – Ściągnęła wiszący na oparciu krzesła przyduży jak na jej drobne ciało sweter i niezdarnie naciągnęła na siebie. Wstała, a ja mogłem przyglądać się nieosłoniętemu tyłeczkowi, z którego całą noc robiła użytek. Stanął mi.

– Zrobię ci kawę – rzuciłem, gdy wyślizgnęła się z pokoju do łazienki. Usłyszałem plusk odkręcanej wody. Sięgnąłem po papierosy, które leżały na stoliku przy łóżku. Mentole. Skrzywiłem się, mimo że nie paliłem od blisko roku. Otworzyłem paczkę, zaciągnąłem się zapachem tytoniu zmieszanego ze zbyt mocnym aromatem mięty i zrobiło mi się niedobrze. Rzuciłem pudełko na stolik, wstałem, spojrzałem w dół na smętnie zwisającego fiuta, który ostro przepracował pół nocy, podrapałem się po jajach i powlokłem do kuchni. Zaparzyłem dwie kawy i zacząłem analizować wydarzenia ostatnich godzin.

Dziewczyna miała na imię Hanna, jakieś dwadzieścia pięć lat, nie więcej, i dobrze się rżnęła. Chociaż miałem od niej lepsze. Jednak Hania obciągała kutasa tak, jakby chciała wyrazić uczucia wszystkich poetów Młodej Polski. To była poezja, tylko zamiast liter bidulka miała do dyspozycji wilgotne usta, błyszczące oczy, mentolowy oddech i zwinne palce. Gdy pochłaniała mojego pytona, łapczywie liżąc go i ssąc na przemian, przed oczami stawały mi całe wersy *Ludzi bezdomnych*, *Wesela* Wyspiańskiego, a gdzieś w oddali słyszałem szmer *Wiernej rzeki*. Nie, to chyba woda w łazience... Wypiłem łyk kawy. Czułem się źle. Hanna była pierwszą kobietą, której nie kochałem, a którą pierdoliłem tak, jakbym ją kochał. Naprawdę było mi z tym źle.

To początek historii, którą ci opowiem. Wyjęte z życiorysu długie dwanaście lat. Chciałbym większość tych wydarzeń przeżyć jeszcze raz. Jedyna szansa, jaka przyszła mi do głowy, to opisać wszystko na kartach książki. Wtedy będę mógł do tego wracać tyle razy, ile zechcę. Najważniejsze, żeby nikt nie dowiedział się, kim jestem. I to, by nikt nie rozpoznał siebie w linijkach tekstu, który przeczyta. W przeciwnym razie paru facetów będzie chciało mi wpierdolić. I na pewno mój biznesowy partner, którego tak kurewsko nie znoszę, zechce mnie wydymać. Tak jak ja jego córkę.

Ta historia jest prawdziwa. Bez względu na to, co pomyślisz, gdy dobrniesz do końca, który dla mnie był początkiem. Nie zgadza się tylko kilka szczegółów, imion i miejsc.

To moja spowiedź. Przed sobą samym, bo nie mam bogów cudzych przede mną. Moje oczyszczenie tak do bólu prawdziwe, że chociaż wielu chciałoby tego dokonać, nie każdy potrafi lub chce. Ja chcę.

Jedynej miłości mojego życia,
która zmieniła mnie na zawsze.
M. Grossman

Dorota

Moja pierwsza kobieta. Pamiętam do dziś jej bujne loki, które niczym sprężynki zwisały nade mną, gdy na mnie siedziała. Jak miała na imię? Trochę trwało, zanim sobie przypomniałem. Agnieszka? Magda? Patrycja? Nie. Miała na imię... chyba... Zaraz, zaraz... Miała na imię... Dorota. Przestrzegał mnie przed nią przyjaciel. Mówił, że bardzo zmieniła się od czasów, gdy byliśmy parą. Spotykaliśmy się wtedy przez kilka tygodni, ale poza pocałunkami i pieszczotami nie było nic więcej. Takie pierwsze platoniczne uczucie. Radosne spędzanie czasu razem. Choć trudne dla mnie, bo już jeden niewinny pocałunek sprawiał, że mój kutas, bez względu na pogodę, a zaczęliśmy spotykać się późną jesienią, mordował się nawet w luźnych spodniach, zadając niewyobrażalne katusze. Deszcz nie deszcz, wichura czy pierwszy śnieg nie stanowiły dla fiuta przeszkody. Spotkanie z Dorotą zawsze kończyło się megawzwodem bez radosnego finału. Wtedy bowiem bała się mojej dzidy choćby dotknąć. Znacznie później zorientowałem się, że nawet nie wiedziała, jak to zrobić. Była dziewicą bez żadnych doświadczeń w tej materii.

Przestaliśmy się spotykać w zasadzie bez powodu. Dorota wyjechała się uczyć w szkole plastycznej w Gdyni. Nie widziałem jej przez blisko trzy lata. Zobaczyłem zupełnie nieoczekiwanie, w słoneczny letni dzień, gdy chodnikiem szła wprost na mnie, w mieście, w którym mieszkałem. Było lato. Jej włosy łagodnie falowały. Koszulka na cienkich ramiączkach odkrywająca więcej, niż powinna, opinała spore piersi. Krótka spódniczka nieznacznie skrywała pośladki. Obraz, jaki zarysował się przede mną, spowodował, że zaszumiało mi w głowie. Przystanąłem przed Dorotą i głosem zachrypniętym z wrażenia przywitałem się.

– Cześć, dawno cię nie widziałem. – Głos uwiązł mi w gardle, a brak pewności siebie wyraźnie ją rozbawił.

– Cześć. Nawet ostatnio myślałam o tobie, a tu proszę... – Roześmiała się. Była pewna siebie. Nie pozostało w niej już nic z dawnej, nieśmiałej dziewczyny. Stała przede mną kobieta, która wiedziała, po co żyje. Nerwowo przełknąłem ślinę, pomyślałem, że warto by powiedzieć coś niebanalnego.

– Co porabiasz? Gdzie się podziewałaś? Chciałem do ciebie zadzwonić i pogadać, ale jakoś się nie składało. – To, co powiedziałem, nie było mądre. Zabrzmiało natomiast tak banalnie, że bardziej banalne nie mogło już być. Poczułem się jak tępy fiut.

– Ale przecież nie miałeś mojego numeru telefonu... – Dyplomatycznie pominęła kilka wcześniejszych sekund, kiedy to mogła uznać mnie za ograniczonego fajfusa. Byłem jej wdzięczny. Zaśmiałem się szczerze i już zupełnie na luzie.

– To prawda, nie zostawiłaś mi namiarów na siebie. Może masz ochotę napić się kawy? Tuż obok parzą całkiem porządny wywar. – Przy słowie wywar prawie ugryzłem się w język. Co to, kurwa, jest wywar? Z kawy?!

Uśmiechnęła się, powiedziała coś, czego mój umysł nie zarejestrował, i kiwnęła głową.

– Prowadź, przystojniaku – to usłyszałem na końcu i to zrozumiałem. Byłem łasy na komplementy kobiet. Odkąd pamiętam. Delikatnie objąłem Dorotę i skierowałem w jedną z bocznych uliczek. Poczułem, że jej skóra prawie parzyła, a przynajmniej takie odniosłem wrażenie. Było wczesne lato, więc nie mogła mieć gorączki ani aż tak się nasłonecznić. Każdy z nas ma czasem debilne myśli, ta była jedną z miliardów, jednak właśnie ona przyszła mi do głowy w tamtej chwili. Puściłem Dorotę nieco przed sobą i zlustrowałem jej tyłek. Był boski. Nie miałem ochoty na kawę. Miałem ochotę na ten jędrny tyłek o kształcie małego arbuza.

Usiedliśmy w kącie kawiarenki. Za barem stała starsza kobieta, która znudzona życiem i wszystkim dookoła rozwiązywała krzyżówkę lub inne gówno w kratkę. Nie wiem, co mówiła Dorota. Wyłuskiwałem pojedyncze słowa: „szkoła", „obrazy", „wystawa", „ryciny". Jej oczy błyszczały, delikatnie oblizywała łyżeczkę, którą wcześniej mieszała kawę. W trakcie rozmowy zdarzało się jej kłaść rękę na moim ramieniu, musnąć dłoń, gdy sięgała po śmietankę. To były sygnały, które mówiły, że na kawie spotkanie się nie skończy.

– Masz samochód? – Słowa te obudziły mnie z letargu i przegoniły jednoznaczne myśli.

– Tak, w pobliżu, na parkingu, ale... – Z zasady unikałem wydarzeń, których wcześniej nie zaplanowałem.

– No, jeśli nie masz czasu albo nie chcesz zobaczyć mojego atelier, to oczywiście zrozumiem – powiedziała. W jej głosie usłyszałem malutką nutkę, którą odczytałem jako rozczarowanie.

– Na pewno nie odpuszczę okazji, by obejrzeć twoje atelier. – Rzeczywiście w rozmowie padło to słowo, ale zupełnie nie miałem pojęcia, w jakim kontekście.

– To co? Możemy pojechać tam teraz?

– Tak, jestem wolnym ptakiem i mogę robić wszystko i kiedy tylko zechcę. A ty tak nie masz? – mówiąc to, roześmiała się.

– Nie do końca, ale dziś, specjalnie dla ciebie, zmienię plany. – Byłem pewny, że Dorota chce się rżnąć. I to tak, że tynk będzie się sypał ze ścian jej studia czy czegokolwiek tam, co rzekomo ma mi ochotę pokazać. Każdy pretekst był dobry. Nie myślałem już o niczym innym. Ona pewnie też.

– No to jedziemy, zapłacę tylko rachunek.

– O, nie! Dzisiaj ja zapłacę i nie masz nic do gadania – powiedziała żartobliwie, lecz tonem, którego u niej nigdy nie słyszałem. Naprawdę stała się kobietą pewną siebie.

Po chwili jechaliśmy do niej. Siedziała obok, na fotelu maksymalnie odsuniętym do tyłu. Wyciągnęła nogi i delikatnie odchyliła oparcie. Byłem pewien, że zrobiła to celowo. Jej uda od czasu do czasu delikatnie ocierały się o siebie, dłonią gładziła wyimaginowane zagniecenia na pończochach. Była podniecona. Przez moment wydawało mi się, że czuję zmieszany z jej perfumami zapach rozpalonej cipki. Kutas, jak kiedyś podczas jesiennych randek, rozpychał spodnie i sprawiał spory ból. Liczyłem na ukojenie. Przede mną ukazał się długi, prosty odcinek drogi. Wcisnąłem mocniej pedał gazu i spojrzałem na Dorotę.

– Spieszysz się, przystojniaku. – Nie było to pytanie, lecz stwierdzenie, które zapowiadało, że warto szybciej dojechać do celu.

* * *

Kiedy dotarliśmy na miejsce, zrobiło się już szaro. To była jedna z gdyńskich dzielnic. Stare jednorodzinne domki ukryte w gęstwinie krzaków i zdziczałych drzewek owocowych. Dorota wysiadając z samochodu, schyliła się i zajrzała do wnętrza auta. Sięgnęła po torebkę. Jej tyłek był wypięty w taki sposób, że każdy facet chciałby go zerżnąć. Warowałem tuż za nią i przez ułamek sekundy sądziłem, że robi to celowo. Gdy wciąż pochylona kusząco odwróciła się w moim kierunku, miałem już pewność.

– O niczym nie zapomniałeś? – zapytała i powoli się wyprostowała, trzaskając drzwiami leciwego volva.

– Chyba nie… – wychrypiałem cicho. Głos znowu odmówił mi posłuszeństwa.

– Tam za rogiem jest sklep. Mam ochotę napić się czerwonego wina. Co ty na to? Poszedłbyś? Ja w tym czasie ogarnę trochę bałagan w studiu. Wejdziesz tędy. – Wskazała wejście palcem.

– Oczywiście. Nie ma problemu. Będę za kwadrans.

– Nie spiesz się. Bądź za dwadzieścia minut. – Zabrzmiało to jak ultimatum, które przyjąłem bezwarunkowo, potakując głową. Powoli ruszyłem w kierunku sklepu. Za sobą usłyszałem dźwięk zamykanych drzwi od jej atelier.

* * *

Stałem przed wejściem, mając w jednej ręce butelkę zawiniętego w papier czerwonego, półwytrawnego wina, a w drugiej ściskając nerwowo kluczyki od samochodu. Przez sekundę miałem dylemat. Użyć dzwonka czy zapukać? Zapukałem delikatnie, zdecydowanie za cicho. Drugi raz głośniej. Cisza. Spojrzałem na zegarek. Minęło dwadzieścia pięć minut. Zapukałem trzeci raz, mocniej i odważniej. Nic. Stałem jak palant i zastanawiałem się, czy nie robię z siebie idioty. Kolejna z miliarda bezsensownych myśli… Zapukałem raz jeszcze, a ponieważ nie było żadnej reakcji, nacisnąłem klamkę solidnych drzwi. Uchyliły się. Zero zgrzytów czy dźwięków jak z horroru. Uśmiechnąłem się do tej debilnej oceny rzeczywistości i wszedłem do środka. W półmroku ledwo widziałem zarysy długiego korytarza. Było pusto. W pewnym momencie serce zatrzymało mi się na ułamek sekundy.

– Już myślałam, że się nie odważysz wejść, przystojniaku – wyszeptała, muskając nosem mój policzek. Pojawiła się tuż obok, nie wiadomo skąd.

– Chcesz, żebym dostał zawału? – zapytałem cicho, odruchowo zniżając głos prawie do jej szeptu.

– Chcę, żebyś dostał to, czego nie dałam ci wcześniej – mówiła mi wprost do ucha. Oczy, przyzwyczajone już do półmroku, zaczęły dostrzegać coraz więcej szczegółów. Szepczące usta drażniły małżowinę. Poczułem rozpalony oddech i wilgotne wargi. Zaczęło się robić gorąco.

– Czego nie dostałem od ciebie wcześniej? – Bardziej chciałem usłyszeć, jak to nazwie, niż co odpowie.

– Nigdy nie zrobiłeś użytku z zawsze twardego kutasa. Nie ze mną. Chcę to naprawić.

Moja dłoń spoczęła na jej biodrze. Przyciągnąłem Dorotę do siebie i zacząłem się z nią lizać. Całowała tak dobrze jak kiedyś, tu nic się prawie nie zmieniło. Prawie, bo jej język był bardziej wyrafinowany. Czułem go w ustach, na szyi, wargach. Był wszędobylski i zdecydowany. Pachniała jak konwalie, a smakowała niczym brzoskwinia zanurzona w miodzie. Zacząłem ściskać seksowne pośladki. Przycisnąłem ją do siebie tak, by miała szansę poczuć twardego członka spętanego w obcisłych do granic możliwości jeansowych spodniach. Jej piersi wciąż były jędrne i chętne do zabawy jak dawniej. Lizanko i macanie nabierało tempa. Dorota zaczęła szybciej oddychać, a dźwięki, jakie wydawała, przypomniały mi jej rozkoszne mruczenie z przeszłości. W pewnym momencie odsunęła się nieznacznie, robiąc miejsce dla dłoni, które błyskawicznie zjechały w dół i zaczęły masować okolice mojego krocza. Jedna bezbłędnie namacała główkę kutasa i delikatnie, ale zdecydowanie rozpoczęła preludium. Masowała wyśmienicie.

– Podoba ci się? – wysyczała podniecona.

– Tak, proszę, nie przestawaj.

– Nie mam zamiaru.

Poczułem, że szamocze się z paskiem od spodni. Jedną ręką pomogłem Dorocie uporać się z klamrą. Rozpięła rozporek, rozsunęła błyskawiczny zamek i jej dłoń wylądowała w slipach. Zwolniła tempo i zaczęła masować mojego rozpalonego gordona. Powoli, ale z pełnym zaangażowaniem. Zamknąłem oczy i szepcząc do ucha, błagałem, żeby nie przestawała. Jednak przestała. Obróciła mnie i delikatnie pchnęła na ścianę. Mimo to uderzyłem głową o zimny, chropowaty beton.

– Ups, sorry. Żyjesz?

– Tak, nic mi nie jest. Niech to się nie kończy. – Nie czułem, żeby cokolwiek mnie bolało. Wręcz przeciwnie.

Powoli uklękła przede mną. Nie mogłem się doczekać, by zobaczyć, jak bierze go w usta. Uwielbiałem ten widok. Ciekawe, jak ona to robi... Mojego pytona widziała po raz pierwszy. Chwilę go podziwiała, oglądając z każdej strony. Kiedy spojrzała w górę, dostrzegłem w jej oczach iskierki uśmiechu, a może podniecenia. Wreszcie zbliżyła kutasa do ust i język zaczął swój pierwszy na nim taniec. Delikatnie wirował wokół główki, muskając ją od spodu, by po chwili jego subtelne ruchy przemieniły się w zmysłowe zamaszyste liźnięcia. Zasyczałem z rozkoszy. Było mi kurewsko dobrze. Położyłem dłoń na głowie Doroty. Wtedy posłusznie zaczęła wsuwać fiuta w usta. Raz, dwa, trzy... W końcu wyjęła go, oblizała. Spojrzała na sterczącego wciąż dżordża, a potem na mnie, jakby szukając uznania i akceptacji. Raz, dwa, trzy, cztery. Przez zamknięte oczy zobaczyłem konstelację Oriona. Dorota była zajebiście dobra. Chciałem więcej.

– Cudownie to robisz, szkoda, że dopiero teraz... – zajęczałem, spoglądając w dół.

– Czasem warto czekać.

Raz, dwa, trzy, cztery, pięć...

– Przestań na chwilę, bo nie dam rady.

Chwyciłem dziewczynę za ramiona i uniosłem. Wtuliłem się w nią, a dłonią sięgnąłem do rozpalonej muszelki. Dorota nie miała na sobie majtek. Jedynie pończochy i podwiązki. Musiała się przebrać, zanim przyszedłem. Z jej cipki sączył się śluz, który zwilżył nawet uda. Choć wydawało się to niemożliwe, kutas jeszcze bardziej się wyprężył.

– Podoba ci się? – spytała.

– Bardzo. Chcę więcej.

– Na co więc czekasz, przystojniaku? Jestem gotowa na twoją armatkę.

– To zdrobnienie było zupełnie nie na miejscu – powiedziałem głośnym szeptem podbarwionym urażoną, męską dumą.

– Oj, nie chciałam. A teraz, kurwa, po prostu dobrze mnie zerżnij – zajęczała błagalnie, opierając dłonie o ścianę korytarza i wypinając apetyczną dupę. Podciągnąłem jej spódniczkę, zwilżyłem śliną goliata i wpakowałem bez większego oporu aż do samego końca.

– Auuu... – jęknęła z bólu – delikatniej, brutalu.

– Przepraszam, będę uważał. – Powoli wycofałem członka z mokrej i ciasnej piczki, położyłem dłonie na biodrach Doroty i zacząłem ją posuwać. Rozkoszowałem się widokiem pośladków i lśnieniem mojej lancy unurzanej w jej sokach. Raz, dwa, trzy, cztery... To było jak wiersz o lokomotywie, która powoli i ociężale startowała z peronu i ciągnęła wagony. Tak ją rżnąłem. I biegu przyspiesza, i gna coraz prędzej. Tłok uszczelniający jej śliską cipę był sprzężony z parowym kotłem, na który w tym momencie dumnie zstępowały dwa średniej wielkości jądra. Dawały radę. Nawet nie wiem, kiedy zerwałem zapięcie stanika, teraz więc dodatkowo mogłem jeszcze bawić się zajebiście fajnymi piersiami. Była ostro rżnięta i to musiało jej się podobać, bo od jakiegoś czasu pchnięcie po pchnięciu wydawała stłumione jęki. Waliłem ją coraz mocniej, nie żałowałem sobie. W końcu czekałem na to, odkąd ją poznałem. Nadrabiałem stracone trzy lata. Dorota przestała jęczeć i teraz już ostro darła ryja. Bo to nawet nie był krzyk. A darła go miarowo, w rytm posunięć kutasa.

– Zlej się do środka. Chcę twojej spermy – wyła do ściany, która zwielokrotniała krzyk.

Kiedy tryskałem, w jej pochwie poczułem miarowe, rytmiczne i silne skurcze. Dobiłem jeszcze dwa razy, wyciskając z nasieniowodów każdą kroplę spermy, jaką w nich miałem. Moim ciałem wstrząsnął cudowny, silny i długi orgazm. Przez chwilę poczułem, jakby podciśnienie wessało mi oczy w głąb czaszki. Kolejna z debilnych, ulotnych myśli, jakie pojawiają się w umyśle każdego z nas.

– O, kurwa, dobrze mi – wyjęczała.

– Warto było czekać? – zapytałem.

– A tobie się podobało?

– I to jak...

– Dobra, a teraz wyjdź ze mnie... muszę do łazienki – zaszczebiotała jak nastolatka.

Wysunąłem się z niej. A Dorota pociesznie, z dłonią między udami, podreptała do innego pomieszczenia. Chyba właśnie łazienki. Gdzieś trzasnęły drzwi. Schowałem w slipy mokrego od jej soków oraz mojej spermy kutasa i zacząłem się doprowadzać do porządku.

Magda

Z pieprzonego snu o lataniu samolotem, którym nie dało się sterować, wyrwał mnie dźwięk instrumentów pokładowych sygnalizujących nieuchronną katastrofę. Gówno! Oczywiście, że to nie brzęczyk w samolocie, tylko w telefonie softwarowy kontroler czasu mojego limitowanego snu. Namacałem telefon. Budzika w iPhonie nie daje się wyłączyć bez otwierania oczu, więc chcąc nie chcąc, musiałem je otworzyć. Okazało się, że to nie budzik, tylko ktoś dzwonił.

– Halo? – Starałem się, żeby mój głos nie brzmiał jak zaspany.

– Cześć, jedziesz ze mną do Bangkoku?

– Ale kto mówi? – spytałem. Nie kojarzyłem rozmówcy... Do jakiego, kurwa, Bangkoku? Przecież już tam byłem. Kto do mnie dzwoni?

– Nie wygłupiaj się. To ja, Magda.

– Ej, która godzina?

– Wpół do komina, dwunasta. Nie mów, że śpisz – trajkotała jak źle przesmarowany kałasznikow.

– Nie, no co ty, nie śpię. Leżę i myślę – skłamałem.

– To nie myśl, tylko pakuj rzeczy. Wylot jest w przyszłą sobotę – mówiła, a ja nadal nie rozumiałem, o czym.

– Magduniu, słuchaj. Jaki wylot? Jaki Bangkok? – O co chodzi? Usiłowałem odzyskać jasność umysłu.

– Zrobiłam rezerwację na lot do Bangkoku. To takie miasto w Tajlandii. Podeślij mi tylko numer paszportu. Postanowiłam zrobić ci niespodziankę. O nic się nie musisz martwić. Hotel zarezerwowany. Czeka cię moc atrakcji.

– Zadzwoń za godzinę, OK?

– OK.

Wstałem i powlokłem się do łazienki. Wyciągnąłem penisa i zacząłem lać. Strumień moczu wpadał do muszli, a ja zastanawiałem się, czy mam jechać z tą małolatą do Bangkoku. Przecież to córka kumpla. Miałem czterdziestkę na karku, a ona dopiero co dostała się na studia. Była nieprzewidywalna i postrzelona. Jeśli jej ojciec się dowie, to mnie zajebie. Niespecjalnie go lubiłem, ale żeby tak od razu dymać mu córkę? Miałem rozterki, w sumie jednak nic szczególnego do roboty. Rozwiodłem się parę lat temu, byłem wolny jak ptak, bez stałej partnerki. Co mi tam! Strząsnąłem kilka kropli szczyn z końcówki i odkręciłem wodę, by napełnić wannę. Zapaliłem papierosa, wyciągnąłem się w parzącej jaja wodzie z eterycznym olejkiem o zapachu, który niczego mi nie przypominał. Zamknąłem oczy. Zaciągnąłem się duszącym dymem i w myślach układałem sobie, co powinienem załatwić przed wyjazdem. Co spakować? Kogo spławić na najbliższe dwa tygodnie, a z kim się spotkać lub dokąd zadzwonić?

W Bangkoku byłem trzy lata wcześniej z przyjacielem Robertem. Ta tajska stolica miała urok, którego się nie zapomina, i najlepsze żarcie na świecie. Zakochałem się w niej od pierwszego wejrzenia. Uśmiechnąłem się do swoich wspomnień. Śmierdzące spalinami tuk-tuki, czyli trójkołowe motocykle-taksówki, hotele o przyzwoitym standardzie w Chinatown za pięćdziesiąt złociszy. Pikantna zupa z mlekiem kokosowym za piątkę z orzełkiem i młode Tajki, które nieźle masowały przez godzinę za dwudziestkę z Chrobrym.

Zdecydowałem, że tam wrócę. Najwyżej Bogdan, ojciec Magdy, potem wypierdoli mnie tak, jak ja jego córkę. Postura Bogdana budziła respekt, choć był dobrotliwego usposobienia. Jednak o córkę dbał i martwił się bardziej niż inni ojcowie. Na samą myśl o tym nawet teraz, w gorącej kąpieli, poczułem dreszcz negatywnych emocji.

Magda, kiedy tylko byłem w pobliżu niej, w czasie niezliczonych imprez w firmie Bogdana, wielokrotnie łasiła się do mnie jak kotka. Kilka razy dostała ode mnie nawet klapsa w tyłek. Jej zachowanie świadczyło o jednym – lubiła starszych facetów. I z pewnością nie była dziewicą. Choć na pierwszy rzut oka mogła sprawiać wrażenie, że jest typem pilnej uczennicy, kujona, którego oprócz geometrii oraz lektur obowiązkowych nie interesuje już nic. To oczywiście było cholernie nakręcające. Kto nie oglądał pornola z udziałem uczennicy w krótkiej, kraciastej spódniczce, w białych podkolanówkach i koszuli z wykrochmalonym kołnierzykiem, klęczącej przed nauczycielem, zachłannie obciągającej belfrowskiego kutasa? Każdy! Każdy kto lubi kobiety. Ja je wręcz uwielbiałem.

Ojciec dawał Magdzie dużo luzu, wyznając zasadę, że dzięki temu dziewczyna więcej osiągnie w życiu i uniknie tych błędów, których jemu nie udało się uniknąć. Miało to swoje dobre strony. Mogłem z młodą zaryzykować podróż do Azji. Stanął mi. Odkręciłem zimną wodę.

* * *

– OK, masz coś do pisania? – W ręku trzymałem otwarty paszport.

– No mam, dyktuj – zaświergotała.

– AN... Adam... Natalia... 4720197.

– Prześlij SMS-em numer konta. Nie będziesz mi sponsorować wyjazdu. – Siorbnąłem łyk gorącej, słodkiej kawy z odrobiną mleka.

– A co, zabronisz mi, misiu? – Była bardzo bezczelna jak na ledwo skończone dziewiętnaście lat.

– Od kiedy to jestem misiu? – Spojrzałem na brzuch i bezwiednie go wciągnąłem.

– Oj, wyluzuj. Ja tak tylko. Rozliczymy się na miejscu. Nie zajmuj się drobiazgami, oki?

– No to oki. Wyślij mi potwierdzenie rezerwacji i o której mam być na lotnisku.

– Dobra, zaraz ci wyślę. A na lotnisku dwie godziny przed odlotem. Lepiej dwie i pół. Czyli 5:20 rano w przyszłą sobotę.

– Ja pierdolę! Nie było wcześniejszych połączeń?

– Nie marudź. To nie lot do Rzymu na audiencję u papieża. Kapiszczi? – Jak ona mnie wkurwiała!

– Dobra, dam radę. Mam tylko jedno pytanie – musiałem być pewny – co powiedziałaś rodzicom, zwłaszcza ojcu?

– Że jadę z jego kumplem dobrze się zabawić. – Zaczęła rżeć jak młoda, rżnięta po raz pierwszy, klaczka.

– Chyba cię pogięło?! – Zakrztusiłem się kawą. Dla bezpieczeństwa kubek z gorącym płynem odstawiłem na biurko.

– Myślisz, że jestem walnięta? – Już się nie śmiała, udawała obrażoną. – Powiedziałam, że jadę z kumpelą na dwutygodniowy kurs językowy.

– Aha i co, uwierzyli?

– Uwierzyli, ponieważ Asia naprawdę jedzie na ten kurs. Alibi jest więc mocne. – Znów zaczęła rżeć. Przed oczami stanął mi gnający przez prerię mustang. Zupełnie nie rozumiem, skąd w głowie pojawiają się czasem tak irytujące i kretyńskie obrazy.

– No dobrze. Jakieś szczególne wymagania, sugestie, uwagi co do wyjazdu?

– Zabierz duży zapas dobrych gumek – odpowiedziała. Rozłączyła się, nie mówiąc nawet „cześć", a ja zakrztusiłem się kawą, opluwając brązową cieczą jasną, nową koszulę.

– Kurwa zajebana twoja mać! – wychrypiałem sam do siebie i zacząłem się śmiać.

* * *

Siedziałem, a właściwie przysypiałem na ławce, kiedy poczułem przenikliwy ból w kostce. Suka mnie kopnęła.

– Bardzo śmieszne, Magduniu. Nie znasz lepszych sposobów, by kogoś obudzić? – burknąłem.

– Ale jesteś zgred! – Zaśmiała się i przysiadła obok mnie na ławce przed bramką na lotnisku najsławniejszego polskiego kompozytora. Tam, tam, da, dam, ta, ra, ra, ra, ra, ra, ra... W głowie zagrał mi marsz żałobny. Tę melodię zna każdy. Przez moment uznałem ją za znakomitą ilustrację do początku owego dnia.

– Teraz za karę śmigaj po kawę dla mnie. W przeciwnym razie wracam do domu – powiedziałem, siląc się na luzacki uśmiech.

– A magiczne słowo?

– Proszę?

– Ostatnia próba... magiczne słowo, misiu. – Uśmiechnęła się, mrużąc oczy.

– Abrakadabra? – Usiłowałem dostosować się do jej sposobu bycia i wieku, co zważywszy na to, że dobiegałem czterdziestki, wcale nie było proste.

– OK, udało ci się. Biała z cukrem?

– No...

Rozejrzałem się po hali lotniska. Kręciło się coraz więcej ludzi. Jedni szli w jedną, drudzy w przeciwną stronę. Część stała przed wyświetlaczami, zadzierając głowy i kontemplując numery odlotów. Dostrzegłem, że kilka osób zwróciło uwagę na mnie i moją nastoletnią towarzyszkę. Pomyślałem, że mogę być uznany za jej wujka albo, co jeszcze gorsze, ojca. Posmutniałem tak, jak może posmutnieć facet, który dwadzieścia lat miał dwadzieścia lat temu. Podniosłem się z miejsca, żeby rozprostować nogi. Kiedy wstawałem, strzyknęło mi w kolanie. Parsknąłem śmiechem, aż odwróciła się jakaś babcia z twarzy podobna do ojca Tadeusza Rydzyka.

– Chuj ci w dupę, prukwo – pomyślałem, choć przez moment miałem ochotę powiedzieć to na głos. Moja mina musiała dokładnie odzwierciedlać myśli, ponieważ starucha szybko się odwróciła.

* * *

Sadowiliśmy się w samolocie. Młoda pakowała podręczny bagaż do schowka nad głową. Wyginała się przy tym niczym chińska akrobatka. Myślę, że celowo. Dopiero wtedy zlustrowałem to, jak była ubrana. Na luzie, ale z gracją, którą odziedziczyła po mamie, kobiecie wciąż atrakcyjnej i ponętnej. Z tą różnicą, że Magda niedawno skończyła dziewiętnaście lat. Obcisłe jeansy, które mocno opinały dużą, ale kształtną pupę. Jasna koszula z dużym dekoltem, która nieco odkrywała czarny biustonosz w rozmiarze C. Blond włosy związane w kitkę, paznokcie pomalowane na czerwono, buty na niskim obcasie. Kolorystyka nienaganna. Dziewczyna prezentowała się naprawdę atrakcyjnie.

– Mam miejsce przy oknie. – Wyrwała mnie z rozmyślań, przyłapując na tym, że taksuję wzrokiem jej zgrabny tyłek. Zmieszałem się.

– Gdzie się gapisz, zboku? – dodała, siadając w fotelu. Strofowała mnie jak kolegę z klasy.

– Nie wiem, o czym mówisz, młoda. Na pewno nie na twój tyłek. I daruj sobie głupie komentarze. Mam zacząć żałować, że się zgodziłem na ten wypad?

– Nie będziesz żałować. Przekonasz się, obiecuję – mówiąc to, zapinała pas.

– Jeśli jeszcze zamierzasz powiedzieć coś debilnego, to proszę, nie po polsku. A przynajmniej nie przez najbliższe siedem godzin.

– Dobra, może być po francusku? – Coraz bardziej mnie irytowała.

– Nie znam.

– Nie znasz? To kiepsko. Liczyłam na naprawdę fajne wakacje. – Puściła do mnie, skubana, oczko.

– Poczekaj, zemsta będzie słodka. – Też puściłem do niej oczko. Tylko mniej subtelne. Zbaraniała. Nie powiedziała nic, bo chyba nie wiedziała, co odpowiedzieć. Wyciągnęła iPada i zaczęła coś przeglądać. Samolot rozpoczął kołowanie, a pilot przez głośniki wygłosił swoją rutynową mantrę.

* * *

– Some coffee? Tea? – Śniada stewardesa o skośnookiej urodzie serwowała gorące napoje.

– Magda, kawa czy herbata? – Szturchnąłem śpiącą obok młodą.

– Dla mnie zielona herbata.

– Green tea for her and coffee with milk for me, please – wyrecytowałem. Z uśmiechem przyklejonym do twarzy urocza Leen podała gorące napoje. Gdy się nachylała, prawie otarła się o mój nos cyckami z przyczepionym identyfikatorem.

– Podoba ci się ta Azjatka? – zapytała Magda, siorbiąc herbatę. Łypnęła na mnie zielonymi oczami znad parującego kubeczka.

– Zawsze mi się podobały Azjatki – powiedziałem, przenikliwie patrząc na młodą.

– Mnie też. Muszą mieć ciasne cipki – rzuciła od niechcenia, spoglądając przez okrągłe okienko, za którym nie było nic widać poza kłębami chmur. Zakrztusiłem się kawą i zamilkłem, nie wiedząc, co powiedzieć. Magda odwróciła się i zaczęła mi się bacznie przyglądać, jakby chciała o coś zapytać. Jednak byłem pierwszy.

– Dlaczego uważasz, że muszą mieć ciasne cipki? – zapytałem po chwili namysłu. Odstawiła kubeczek. Oparła głowę na dłoni i pochylona niebezpiecznie blisko mojego fiuta, który budził się z krótkiej drzemki, przez moment jakby zastanawiała się, co odpowiedzieć.

– No bo Azjaci mają małe penisy, więc azjatyckie kobiety muszą być do nich dopasowane.

– Widzę, że masz doświadczenia z Azjatami – próbowałem nieudolnie zażartować. Zrobiło mi się gorąco.

– Obejrzałam parę filmików na RedTube. To proste, logiczne wnioski. Nic więcej – stwierdziła niczym pani doktor antropologii prowadząca wykład dla studentów.

– Możliwe, że masz rację. Nie miałem nigdy Azjatki – dalej starałem się żartować, ale niespecjalnie mi to wychodziło. Czułem rosnące napięcie w spodniach.

– Nie posuwałeś Azjatki? – zapytała, jakby to była najbardziej oczywista czynność dla białego faceta w okolicach czterdziestki. – Musisz to koniecznie nadrobić.

– Obiecuję, że to rozważę. – Usiłowałem jakoś zmienić tor rozmowy. Magda jednak wcale nie miała na to ochoty. Zarumieniła się. Oczy zaczęły jej niebezpiecznie błyszczeć. Wciąż opartą na dłoni twarz pochyliła w kierunku mojego sterczącego w spodniach kutasa. Powolutku obróciła głowę, spoglądając przeciągle na to właśnie wybrzuszenie na spodniach, które teraz bardzo chciałem ukryć.

– Widzę, że jednak miałbyś ochotę na Azjatkę – powiedziała cicho, prostując się w fotelu.

– Gdzie patrzysz, mały zboku? – chciałem obrócić sytuację w żart, ale zabrzmiało to żałośnie.

– Gdzie chcę i kiedy chcę. Spróbuj robić tak samo. Zobaczysz, jak jest fajnie – powiedziała, a ja pomyślałem, że w Bangkoku będzie bardzo gorąco. Kilka sekund później okazało się, w jak dużym byłem błędzie. Gorąco miało być już za trzy sekundy.

Poczułem na spodniach rękę, która delikatnie, ale stanowczo ścisnęła miejsce, gdzie ukrywał się wyprężony fiut.

– Masz ochotę? – szepnęła mi wprost do ucha.

– Nie tutaj i nie teraz, Magda! – wysyczałem podniecony.

Nie przestawała ugniatać mojego dżordża. Sytuacja stawała się dla mnie nie tyle niezręczna, co podniecająca. Wiedziałem, że coś się wydarzy, ale tego w scenariuszu nie było. Po lewej dostrzegłem najpierw wózek stewardesy Leen, a potem ją samą. Kiedy mijała nasze fotele, dostrzegła dłoń Magdy na fiucie i natychmiast odwróciła wzrok.

– No, teraz to już jej nie przelecisz na bank, a szansa była. – Młoda zabrała dłoń z mojego drąga i poprawiła się w fotelu.

– Ale mam mokro – dodała ciszej.

Położyłem dłoń na jej kroczu, patrząc w zupełnie inną stronę.

– Co robisz?! Pozwoliłam? – Udawała zaskoczoną oraz oburzoną.

– A ja pozwoliłem? – Powoli odwróciłem się do niej i uśmiechnąłem, nie cofając dłoni. Zacząłem wprawnie masować cipkę przez obcisłe spodnie. Dziewczyna była rozpalona. Robiłem to i patrzyłem w jej błyszczące oczy. Za chwilę przymknęła powieki… Poświęciłem jej jeszcze minutę, po czym przestałem, wciąż bacznie śledząc Magdy reakcje. Gdy cofnąłem rękę, zdziwiona otworzyła oczy.

– Proszę, chcę jeszcze… proszę – błagała z nadzieją w głosie.

– Później, po przesiadce w Dubaju. Przebierzesz się w coś odpowiedniejszego, dobrze?

* * *

Wyjście łącznikiem z samolotu na lotnisku w Dubaju, które było naszym tranzytem do Bangkoku, przypominało skok do rozgrzanego piekarnika. Na szczęście przejście z zimnego, klimatyzowanego samolotu do zimnej, klimatyzowanej hali przylotów trwało nie więcej niż pięć minut. Zdążyłem się jednak spocić. Dochodziła dziesiąta czasu lokalnego. Na niebie ani jednej chmury. Emiraty. Standard.

– Ale cieplutko! – Magda szła tuż za mną.

– No, cieplutko… muszę wziąć prysznic – powiedziałem, ocierając z czoła kropelki potu.

– Możemy się wykąpać razem.

Nie upadłem na głowę, żeby iść z kobietą pod prysznic na lotnisku w Dubaju. Mimo że to strefa eksterytorialna, rzadko spotykało się tu kobiety, które decydowały się paradować z odkrytymi ramionami lub w krótkich spódnicach. Najczęściej były to idiotki z Australii lub z kraju Wuja Sama, bo ich rozumienie zasad i obyczajów islamskich było zbliżone do percepcji kóz. Jeśli taka kretynka się zdarzała, towarzyszyły jej gniewne spojrzenia Arabów oraz ich zakamuflowanych, ubranych w stroje Ninja, kobiet. Także spojrzenia nierzadko opatrzone mruczanymi pod nosem przekleństwami, gdzie arabskie „kurwa" było dominantą.

– Puknij się w łeb. Jesteśmy w Emiratach. Wspólny prysznic możemy wziąć najwcześniej w Bangkoku. I tego pomysłu się trzymajmy. – Uśmiechnąłem się delikatnie.

– Dobra, to ja idę lekko się ochlapać i przebrać w gustowny czador.

Miała dobry humor i cięty język. Nawet zaczynało mi się to w niej podobać.

* * *

Prysznic był błyskawiczny. Normalnie lubię siedzieć pod nim kilkanaście minut, ale na lotnisku, nawet tak luksusowym jak to w Dubaju, nie czułem się zbyt komfortowo. A jeśli mnie tutaj ktoś zgwałci? Zapewne Allah jest bardzo surowy dla homoseksualnych gwałcicieli białych tyłków. Mimo że ta obawa była nie tyle absurdalna, co porąbana, jednak wolałem nie ryzykować. Po pięciu minutach byłem odświeżony i przebrany w luźniejsze ciuchy. Kiedy wychodziłem, minąłem w drzwiach lotniskowej łazienki zwalistego Araba, który lubieżnie się uśmiechnął, grzecznie mnie przepuszczając. Nie byłem homofobem, mimo to spuściłem wzrok i ominąłem go szerokim łukiem.

– Ale ze mnie debil! W dodatku homofobiczny – wyrzucałem sobie, gdy Arab był już daleko. Podreptałem do ławki, przy której umówiłem się z Magdą. Nie było jej. Spojrzałem na zegarek. Do kolejnego lotu pozostało jeszcze pięć godzin. Spoko. Usiadłem, wyciągnąłem przed siebie nogi. Przymknąłem oczy. Myślałem, że może trochę się zdrzemnę. Ale ni chuja. Szum lotniska, mieszanina różnych języków, która docierała do uszu, nie dawała cienia nadziei nawet na krótkie kimanko. Naprzeciwko mnie sadowiła się właśnie zakutana w czarną pelerynę szczupła postać. Mimo fałd kultowej i obowiązkowej dla arabskich kobiet szaty, zarysowały się przede mną drobne i ładne pośladki. Skarciłem się w myślach za te pół sekundy grzesznego wzroku, a przez głowę lotem błyskawicy przemykały mi teraz obrazy z głębokich pokładów pamięci: kamienowanie cudzołożnic, batożenie faceta spętanego przy pręgierzu, strzał w potylicę z bliskiej odległości.

– Ja pierdolę! – zakląłem po cichu. Już prawie zacząłem się śmiać z samego siebie, gdy zza szczupłej postaci wynurzył się jebany, rosły Arab, który parę minut temu mijał mnie w drzwiach łazienki. Porzuciłem pomysł, by sytuację sprzed sekundy potraktować z dystansem. – Chyba nie zauważył – pomyślałem nieśmiało. Pragnąłem, by nikt się nie zorientował, że w ogóle o czymś myślę.

Arab rzeczywiście niczego nie zauważył, bo znów się do mnie, kurwa, uśmiechnął. Rozpoznał mnie. Po chwili zaczął coś świergotać po arabsku do zamaskowanej kobiety i mościł wielką dupę na fotelu obok niej. Dopiero teraz spojrzałem na jego towarzyszkę. Oczywiście mogłem zobaczyć tylko oczy. Były młode, bardzo błyszczały. W ułamku sekundy obstawiłem 10:1, że musi być piękna. Wtedy przypomniałem sobie, że na arabskie kobiety lepiej nie spoglądać. Odwróciłem wzrok, ale i tak zdążyłem zauważyć, że Arab przestał gadać, nie uśmiechał się już i posłał mi gniewne spojrzenie. Na szczęście w moim kierunku szła Magda. Całą uwagę skoncentrowałem na niej, usilnie kontrolując ruchy oczu, by nie powędrowały w stronę koleżanki, córki lub siostry ponadstukilowego Araba.

Zamarłem. Magda włożyła krótką, plisowaną spódniczkę do pół uda i narzuciła na siebie coś zwiewnego, spod czego prześwitywał stanik. Zapomniałem jej powiedzieć, a teraz chuj. Przez najbliższych parę godzin będziemy musieli się męczyć ze spojrzeniami wkurwionych islamistów. – Ja pierdolę, ale dżihad! – zakląłem w myślach.

Usiadła obok mnie, a arabski goliat naprzeciwko prawie podskoczył z wrażenia.

– Kurwa, Magda! W tym kraju obowiązują trochę inne standardy! – powiedziałem cicho i z wyrzutem.

– Wyluzuj, na lotnisku nie są aż tak restrykcyjni. Nie podobam ci się?

– Bardzo, ale podpadłaś koledze z naprzeciwka. Jakby tylko miał możliwość, to pewnie już by napierdalał w ciebie kamieniami.

– Myślisz? A może raczej chciałby poruchać białą laskę? – Była wulgarna i przesadzała. Myślę, że robiła to celowo.

– Nie można tego wykluczyć, ale bardziej obstawiam wersję, w której napierdala cię kamieniami. – Uśmiechnąłem się krzywo, spoglądając w jej kierunku.

* * *

Linie Emirates były świetne. Lubiłem je za niskie ceny, dobrą obsługę i niezłe, jak na wersję lotniczą, szamanie. Ciepłe ręczniczki do odświeżenia, kawa podawana praktycznie zaraz po wejściu kompletu pasażerów na pokład. No i te młode, o nienagannej urodzie stewardesy.

Magda oczywiście miała zarezerwowane miejsce przy oknie. Długo sadowiła się w fotelu. Przeciągała tę chwilę, wypinając pupę kilka razy, tak bym mógł chyba napatrzeć się do woli. Z czego oczywiście nie omieszkałem skorzystać.

– Fajna, nie? – Odwróciła się błyskawicznie i ubawiona spojrzała mi w oczy, które znajdowały się wciąż poniżej linii jej pępka.

– Bardzo fajna – powiedziałem powoli, jakby się namyślając. Mój wzrok poszybował wolno w górę, omiatając piersi, by w końcu zatrzymać się na oczach. Błyszczały. Nachyliła się do mnie. Zrobiłem mimowolnie to samo. Dała mi całusa w usta.

– Nie mam majtek – szepnęła.

– Yyy... super – niczego mądrzejszego nie byłem w stanie wydukać. Zapięła pasy i zaczęła wyglądać przez okno. Chuja było widać. Ale patrzyła na coś, co musiało być bardzo intrygujące, a czego ja nie mogłem dostrzec. Rozmościłem się w fotelu, rozpakowałem słuchawki od sytemu audio-wideo i włączyłem jakiś debilny film z bogatej oferty durnych filmów.

* * *

Ze zdziwieniem zorientowałem się, że szarpie mnie rosły Arab, a z tonu artykulacji wywnioskowałem, że obraża moją matkę. W pierwszym momencie chciałem go uderzyć w twarz, z całej siły i proporcjonalnie do nienawiści, którą w tym momencie do niego czułem. Ale nie mogłem się poruszyć. Spojrzałem na ręce, które bezwładnie zwisały mi wzdłuż korpusu. Arab szarpał mnie coraz mocniej.

– Anta aheb el kahła? – Poczułem, że ktoś ściąga mi słuchawki. To oczywiście Magda. Co za pojebany sen!

– Co mówisz?

– Arabskiego też nie znasz? Pytam, czy napijesz się kawy? – odparła z przekąsem. Było już ciemno. Lecieliśmy zapewne gdzieś nad Oceanem Indyjskim.

– Nie, głodny jestem.

– Pewnie zaraz coś podadzą, już grzeją żarełko. Wytrzymaj, misiu.

– Daj spokój z tym misiem, oki? To irytujące.

– Oki, będziesz tygryskiem. – Nawet ją lubiłem, ale nie wiedziała, kiedy przestać. A może po prostu wkurwianie mnie sprawiało jej radość?

– Zrób mi to... – wyszeptała do ucha – nie mam majtek. Będziesz mógł pokazać, co potrafisz, tygrysku.

– Teraz, tutaj?

– Przecież chyba po to kazałeś mi ubrać się w coś innego. – W głosie Magdy było tyle nadziei...

Odwróciłem się do niej. Obok nas siedziała jakaś czarnoskóra dziewczyna, która smacznie spała. Uznałem, że korzystając z półmroku i dogodnych jak na arabskie linie lotnicze warunków, mogę sprawić Magdzie odrobinę przyjemności. Zbliżyłem twarz do jej twarzy. Zacząłem się z nią lizać. Była napalona. I to ostro. Odsunąłem delikatnie kocyk, którym się opatuliła, i już za chwilę ugniatałem jej piersi. Oddychała coraz szybciej. Lizałem jej szyję, język delikatnie drażnił płatek lewego ucha. Cichutko jęknęła. Zjechałem dłonią w dół. Poczułem, że rozsuwa dla mnie uda. Zjechałem więc niżej, włożyłem rękę pod spódniczkę. Była tam kurewsko mokra. Od razu wpakowałem do środka dwa palce. Nie poczułem żadnego oporu. Robiłem klasyczną palcówkę, jedenaście tysięcy metrów nad ziemią. Oczy miała zamknięte, jeszcze bardziej rozsunęła nogi. Głęboko i szybko oddychała. Nakryłem rękę i jej krocze kocykiem z logo Emirates, wyciągnąłem się na fotelu i jakby nigdy nic, napierdalałem pizdeczkę mokrymi od jej soków palcami. Kciukiem drażniłem nabrzmiałą łechtaczkę. Po chwili palce znów lądowały w ciasnej pochwie.

Magda jęczała cicho, tłumiąc dźwięk poduszką, w którą się wtuliła. Odwróciła głowę w stronę okna tak, by nikt jej nie usłyszał. Czekała niecierpliwie na finał. Ponieważ zauważyłem, że obsługa zaczyna roznosić gorące jedzenie kilka rzędów przed nami, przyspieszyłem, żeby zdążyć. Nie chciałem, by Magda się męczyła. Przybliżyłem się do niej i zacząłem szeptać do ucha świństwa, jakie tylko przychodziły mi do głowy. Nie przerywałem przy tym rytmicznego pakowania palców w mokrą pizdeczkę tak głęboko, jak tylko byłem w stanie to robić.

– Mam wielką ochotę rżnąć cię od tyłu. Ostro... Lubisz przekleństwa?

– Uhym... – kiwnęła głową, którą wciąż wciskała w poduszkę.

– Będę cię posuwał ostro, chwycę cię za włosy...

Oddychała coraz płycej i szybciej.

– Chcę pochlapać twoje piersi spermą... chcę robić to długo – szeptałem do ucha. Poczułem, jak jej ciało pręży się i jak przez chwilę dziewczyna zawiesza oddech. Wreszcie wypuściła wolno powietrze z płuc, a potem głęboko westchnęła. Poczułem skurcze na palcach. Wciąż były w środku. Odsunęła od twarzy poduszkę.

– Dziękuję – wyszeptała. Oczy miała szkliste i cholernie błyszczące w półmroku.

– Chicken or lamb? – Stewardesa musiała chyba odczekać kilka sekund albo Magda miała szczęście.

* * *

Bangkok przywitał nas bladym świtem i delikatnym, ciepłym deszczem. Powietrze miało idealną temperaturę. Miasto pachniało tak samo jak trzy lata wcześniej.

– Łapiemy taksówkę i jedziemy na Khao San – rzuciłem w kierunku Magdy, która szarpała się z plecakiem. Pomogłem jej go założyć i udaliśmy się w stronę postoju żółtozielonych taksówek.

– Taximeter?

– Yea, no problem, Sir! – Skośnooki kurdupel błysnął rzędem żółtych zębów i przydeptał niedopałek papierosa, otwierając bagażnik auta.

* * *

Khao San Road zna praktycznie każdy, kto był w Bangkoku. Żarcie na stolikach wzdłuż całej ulicy. Niezidentyfikowane mięso w miniaturowych szaszłykach, słodkie naleśniki z jajkiem i bananem polane zagęszczonym, lepkim syropem kokosowym czy prażone skorpiony na patyku dla wiecznie nawalonych debili z Australii. Do tego chujowe hoteliki za wygórowaną jak na Tajlandię cenę i kilka tancbud z laskami z fiutami oraz tanimi, brzydkimi dziwkami dopełniały uroku tej dzielnicy.

No i oczywiście wkurwiający krawcy, którzy akurat tutaj szyli najbardziej gówniane garnitury za przesadzoną cenę. W tym miejscu było wszystko, czego nie warto ani opisywać, ani zapamiętywać. Nie przeszkadzało to oczywiście najebanym młodym Australijkom i ich równie najebanym kolesiom z college'ów wierzyć, że Khao San Road jest właśnie sercem Bangkoku.

Magda chłonęła wszystko, co jej opowiadałem o tym kraju. Była wszystkiego ciekawa. Najdłużej zatrzymała się przy jednej z knajp, gdzie młode, ładne Tajki naganiały wstawionych białych do środka.

– Zajrzymy tam później. – Plecak wyraźnie jej ciążył.

– W środku siedzą same pasztety, żarcie nie nadaje się do karmienia gryzoni, a piwo jest przeterminowane – skwitowałem z uśmiechem jej gasnącą nadzieję na dobrą zabawę.

– Pokażę ci lepsze miejsca, jeśli będziesz chciała. Dwie ulice dalej jest ten twój hotel. Pozbądźmy się tobołów i zjedzmy coś. Prysznic też by się przydał.

– Dobra, dobra. Tak tylko pytałam. Prowadź do hotelu. Szybko.

* * *

Położyłem plecak w kącie pokoju przyzwoitego hotelu Rajata oddalonego o trzy czy cztery przecznice od Khao San. Magda siedziała na łóżku i gmerała coś w swoim przydużym plecaku.

– Mogę pójść pierwszy do łazienki? Obiecuję, nie potrwa to długo.

– Dobra, ale się pospiesz, bo ja też muszę.

Po dziesięciu minutach czułem się jak młody Bóg. Odświeżony, ogolony, pachnący, ale piekielnie zmęczony. Różnica czasu i kilkanaście godzin na lotniskach dawały się we znaki. Walnąłem się na łóżko w samych spodniach.

– Oki, teraz ja. – Magda zniknęła z jakimś zawiniątkiem w naszej wspólnej łazience. Włączyłem telewizor i zacząłem szukać anglojęzycznego kanału. Trafiłem w końcu na BBC i reportaż o aktualnie trwających w Birmie zamieszkach na granicy. Już po kilku minutach spałem.

* * *

Pochylona nade mną piękna Azjatka lizała moją sterczącą wieżę Babel. Robiła to nieporadnie, ale bardzo zmysłowo. Powoli zaczęło do mnie docierać, że to sen, przecież nigdy żadna Azjatka nie obciągała mi kutasa. Przynajmniej do września 2013 roku. Otworzyłem półprzytomne oczy. Twarz Magdy była na wysokości mojego młota na czarownice, na którym czułem jej mokre usta.

– Co robisz? Ej... – Podniosłem się na łokciach do pozycji półleżącej.

– Nie podoba ci się, jak obciągam? Źle to robię? – mówiła niewyraźnie, bo przeszkadzał jej w artykulacji wyprężony do granic fiut.

– Podoba się, ale... powinnaś najpierw zapytać.

– Ja o nic nie pytam, robię to, na co mam ochotę – powiedziała już wyraźnie, bo na chwilkę wyjęła fallusa z ust. Teraz trzepała go całkiem wprawnie. Zaciśnięta drobna dłoń przesuwała jego skórę. W górę i w dół. Było bardzo przyjemnie. Podniecało mnie to, tym bardziej że, skubana, była taka młoda.

– Weź go w usta. – Położyłem dłoń na jej głowie i pokierowałem. Posłusznie wzięła go głęboko. Za głęboko. Przez moment myślałem, że mnie obrzyga. Była zbyt łapczywa.

– Ostrożnie, młoda... nie szalej – wyjęczałem – ale nie przestawaj. Nie przestawała. Posłusznie i rytmicznie brała twardego, gorącego naganiacza do buzi. Przed oczami stanęły mi scenki z pornoli, jakie kiedyś widziałem, z udziałem stylizowanych na uczennice lasek.

– Kurwa, ale mi dobrze. Niezła jesteś – dalej jęczałem jak nastolatek, któremu trafiło się pierwsze w życiu dymanie.

– Napierdalaj, młoda. Chcę ci się spuścić w usta. Mogę? – W pytaniu było mnóstwo nadziei.

– Nie ma problemu. Połknę wszystko. – Wyjęła go na chwilę, popatrzyła w górę, by to powiedzieć i zaobserwować moją reakcję. Musiała być do przewidzenia, ponieważ na twarzy dziewczyny błysnął lekki uśmiech. Patrząc na mnie, obciągała coraz szybciej. Clinton lśnił od śliny, a Magda z zaangażowaniem, którego nie powstydziłaby się gwiazda porno, robiła swoje. Nie była może dobrze wytresowana, wcześniej nie obciągała, jak sądzę, wielu kutasów, ale nadrabiała to pasją.

Odpływałem. Czułem się tak, jakby ktoś pierwszy raz w życiu ciągnął mi fiuta. Zacisnąłem palce na pościeli, stękałem głośniej niż zwykle. Poziom mojego podniecenia był gdzieś na grani Śnieżki obsypanej delikatnym, białym puchem. Nie wiem, dlaczego akurat teraz właśnie zobaczyłem ten obraz. Ruszyła lawina. Strugi spermy lądowały w ustach Magdy. Zaczęła się dławić, ale się nie poddawała, próbowała spić wszystko, wyssać jak jebana strażacka motopompa wodę opadową zalegającą w piwnicy. Było tego zbyt dużo, więc poddała się. Wycofała się z ustami i teraz waliła kutasa dłonią. Ostatnie dwie strugi trysnęły na jej twarz.

Wciąż byłem podniecony. Zwłaszcza obrazem usmarowanej spermą twarzy. Kutas wciąż stał, a ona już delikatnie masowała go ręką. Palcami drugiej dłoni otarła wilgotne od nasienia usta. Oblizała je. Potem pochyliła się i zlizała miniaturową kropelkę spermy z główki właśnie obciągniętego fleta. – Jesteśmy kwita za akcję w samolocie, tygrysku.

Poleciała do łazienki. Nie miałem siły wstać ani odpowiedzieć. Było mi błogo. Podciągnąłem tylko slipy. Zasnąłem po kilkunastu sekundach.

* * *

O Tajlandii i jej urokach można opowiadać godzinami. Lepiej jest tam jednak pojechać. Posmakować wszystkiego, zobaczyć, dotknąć. Tego nie zastąpi żaden opis, żadne słowo. Można próbować, ale jeśli mam być szczery, to na nic. Jeżeli więc tam nie byłeś lub nie byłaś, warto. Warto zanurzyć się w Azji. I bardzo łatwo jest w niej się zakochać. Lub zatracić. Postaram się jednak podjąć wysiłek i opisać jedno popołudnie, którego nie byłoby, gdyby nie Magda. Bo nie każdy spróbuje tego, co zaraz tu przedstawię, nawet nie ze strachu. Może w imię zasad, których przestrzega? Lub udaje, że przestrzega? Może ze względu na podświadome lęki? Lub brak możliwości? Albo ze wszystkich tych powodów po trochu.

* * *

Po dwóch tygodniach włóczenia się po Tajlandii powróciliśmy do hotelu w Bangkoku. Przez te czternaście dni jebałem Magdę na wszelkie możliwe sposoby, a ona wciąż nie miała dość. Jej chętna i ciągle mokra cipka nie mogła się jednak znudzić. Była zbyt młoda, zbyt świeża i zbyt ponętna. Czułem się jak niewyżyty nastolatek. Przy Magdzie nie były potrzebne żadne afrodyzjaki czy wspomagacze. Sama była zajebistym, niewyczerpanym źródłem afrodyzjaku, który sączył się z jej dziurki. Korzystałem z tego w pełni i na tyle, na ile starczało mi wtedy fantazji oraz sił witalnych.

Któregoś dnia Magda zamówiła pod hotel taksówkę.

– Dokąd jedziemy? Może zdradzisz, młoda, co? – zapytałem. Pod koniec wspólnych wakacji już nic nie mogło mnie zdziwić.

– Oj, zobaczysz, nie marudź. Pakuj dupę. – Popchnęła mnie w stronę auta. Usiadła z przodu i podała kierowcy karteczkę z adresem. Taksiarz uśmiechnął się i pojechaliśmy.

* * *

Szarzało, gdy wysiedliśmy. Na ulicy Ratchadapisek Road połyskiwały neony. Ich treść, kolorystyka i prezentowane symbole były jednoznaczne. Znajdowaliśmy się w samym sercu azjatyckiego kurwidołka stolicy Tajlandii. Magda miała wypieki na twarzy. Rozglądała się jak lis szukający wejścia do kurnika. Staliśmy przed drzwiami budynku, nad którym widniał jebitny neon Nataree Massage.

– Chodź – rzuciła krótko.

Podreptałem za nią. Po pięciu minutach byliśmy na miejscu. – To tutaj, ale muszę najpierw zapalić. – Drżącymi rękami wyciągnęła mentolowe, cienkie papierosy. Podałem jej ogień i też zapaliłem.

– Zdradzisz, co tutaj robimy? – Nie wiedziałem, czym Magda chce mnie zaskoczyć.

– Wiesz co to soapy massage?

– Mydlany masaż? Co to? Płukanie dwunastnicy roztworem szarego mydła? Co ty kombinujesz, Madziuniu? – zapytałem i natychmiast wyobraziłem sobie, że trzeba się będzie schylać po mydło. Po plecach przebiegł mi dreszcz.

– Laska namydla ci całe ciało, a sama jest gąbką. Na koniec robi wszystko, na co masz ochotę – wyrecytowała drżącym głosem.

– No oki, super. Tylko powiedz, jak sobie to wyobrażasz?

Naprawdę nie wiedziałem, co młoda kombinuje.

– Wynajmę nam dwie młode laski. Jedna zajmie się tobą, druga mną. Chcę, żeby wyuzdana, młoda Azjatka zrobiła mi palcówkę. I chcę jej zrobić to samo.

Zatkało mnie, poczułem się kiepskim jebaką.

– Nie podoba ci się, jak ja ci to robię albo jak cię posuwam? – Moje męskie ego było właśnie skopane niczym zapchlony kundel.

– Bardzo mi się podoba, ale chcę popatrzeć, jak ruchasz Azjatkę, a wcześniej obie będziemy ci obciągać. Mam ochotę na orgietkę. A kiedy wrócimy do hotelu, wyruchasz jeszcze mnie. Może nawet na zmianę z dziwkami, które za chwilę wynajmę. Zobaczymy, co będzie się działo. Ale mam, kurwa, na to ochotę! – Przestępowała z nogi na nogę i nerwowo zaciągała się dymem z papierosa.

– Magda! Super, ekstra, nie mogę się doczekać. Tylko powiedz poważnie. Żartujesz, nie? – Byłem pewny, że żartuje, testuje mnie albo chuj wie co. Może wzięła jakieś dragi i teraz ma odjazd? To miałoby sens.

– Przestań pierdolić. To będzie najlepsze dymanie twojego życia, więc rusz dupę. Idziemy. – Rzuciła niedopałek na ziemię i przygasiła go butem uzbrojonym w długą szpilkę. Magda nie żartowała. Poszedłem za nią. Kutas niebezpiecznie rósł mi w spodniach. A ja się bałem. Autentycznie się bałem.

* * *

Za drzwiami, które przekroczyliśmy, znajdowała się ogromna sala. Pierwsze, co rzuciło mi się w oczy, to równiutkie rzędy miniaturowych, wysokich stoliczków. Przy każdym stało barowe wysokie krzesło, na którym siedziała śliczna dziwka. Przypomniała mi się scena z filmu „Matrix". Wszystkie dziwki były ładne, długonogie i podobne do siebie. Przed oczami miałem rzędy azjatyckich klonów z cipkami. Chyba z setkę. Magda była równie zaskoczona jak ja. Chwilę trwaliśmy w ciszy. Z lewej wyskoczył do nas naganiacz, który napieprzał słowami w tempie aukcjonera sprzedającego rasowe konie.

– Co trzeba, na ile czasu, jaka konfiguracja? – Same konkrety, zero ściemy. Taka powinna być reklama owego burdelu.

– Soapy massage – wydukała Magda.

– Tu po lewej wybierajcie. Jedna, dwie? – prowadzący aukcję mówił szybciej, niż mózg sortował obrazy, które przesyłały moje nerwy wzrokowe. Obróciłem się w lewo. Siedziało tam kolejnych pięćdziesiąt lasek na czymś w rodzaju trybun za wielką szklaną szybą. Niczym kolorowe rybki w akwarium. Każda dziwka miała kotylion z numerkiem. Jak na wyborach miss. I dziewięćdziesiąt procent z nich rzeczywiście mogło śmiało brać udział w takich wyborach. Gdyby miały choć jedną wolną chwilę.

– Dwie. Dla mnie i dla niego. – Magda się jąkała. Była podniecona. Rozpoznałem to po jej reakcjach.

– Wybierajcie. Mydlany masaż, a więc proponuję panu numery 24, 17, 30 – ta ostatnia ma duże cycki i wspaniale myje ciało. Polecam.

Żałowałem, że tam się znalazłem. Czułem się jak w rzeźni, gdzie wybierane są tuczniki na przygotowanie pysznych kiełbasek. Ale byłem też podniecony. Starałem się jakoś pozbierać myśli i skupić się na tym, co zaraz nastąpi, a nie nad okolicznościami wszystkiego, co było wokół.

– Na pewno tego chcesz? – Dałem Magdzie ostatnią szansę. Mogła jeszcze zrezygnować.

– I to jak! Biorę tę z numerem 22 – wysyczała napalona niczym kominek w mroźną, grudniową noc.

– Dla mnie numer 36 – powiedziałem do pracownika serwisu.

Magda zapłaciła cztery tysiące batów za godzinę zabawy z dwiema dziwkami.

Skośnookie, młode dupy przywitały się z nami po azjatycku, kłaniając się głęboko. Winda zawiozła nas na drugie piętro. Długi korytarz i drzwi po lewej oraz po prawej stronie. Zupełnie jak w zwykłym hotelu. Chociaż z pewnością nie był to zwyczajny hotel.

– Masz mokro? – Spojrzałem Magdzie w błyszczące oczy.

– Sprawdź – powiedziała jak zwykła kurwa. Przejechałem jej dłonią między udami. Nie kłamała. Azjatki uśmiechnęły się z uznaniem.

* * *

Duży pokój z ogromną murowaną wanną i brodzikiem przed nią. Podwójne małżeńskie łoże, lampa, obrazy na ścianach, malutka, dwuosobowa sofa. Gustownie i ładnie. Przeznaczenie pomieszczenia jednoznaczne. Moja Azjatka usiadła naprzeciwko mnie na łóżku, założyła nogę na nogę. Przedstawiła się. Zrobiłem to samo. Nie zapamiętałem jej imienia.

– Powiedz, na co macie ochotę. Ty i twoja przyjaciółka. Może najpierw ty? – Zaciągnęła się dymem i zatrzepotała długimi rzęsami.

– Obciągniesz mi. To wszystko – powiedziałem do dziwki mechanicznie, rzucając spojrzenie na Magdę. Młoda już się rozbierała. Jej Azjatka była przy niej, zmysłowo dotykając tu i ówdzie.

– OK, żaden problem. Może najpierw twoja przyjaciółka wskoczy do wanny. A ty chwilkę poczekasz i popatrzysz, jak moja koleżanka się nią zajmuje – zaproponowała, a ja kiwnąłem tylko głową.

Po kąpieli z ogromną ilością piany Azjatka wytarła Magdę ręcznikiem i poprowadziła ją w kierunku ogromnego łóżka. Teraz z kolei moja nowa przyjaciółka za dwa tysiące batów za godzinę zabrała mnie do wanny. Zaczęła myć, pierwszego wymasowała fiuta, który niepokornie zaprezentował słowiańską fantazję, prężąc się przed Tajką jak drzewce chorągwi polskiej husarii. Musiała zajmować się niejednym członkiem, ale na mojego patrzyła z niekłamanym podziwem.

Przeszliśmy do brodzika, gdzie na dmuchanym materacu raczyłem się urokami mydlanego masażu. Jeździła po mnie, wręcz się ślizgała niczym duży, ciepły, wilgotny karp. Było to śmieszne, a jednocześnie podniecające. Obróciła mnie i nie odrywając wzroku od mojej chorągwi, zapytała, czy chcę, by zaczęła mi obciągać? Skinąłem tylko głową. Po chwili, już z gumką na chuju, raczyłem się drobnymi, azjatyckimi ustami, które robiły profesjonalną laskę.

– Gdzieś wyżej, poza mną, słyszałem, jak Magda jęczy. Słychać było, jak chlupocze jej pizdeczka testowana przez zwinne, tajskie paluszki. Uznałem, że jednak przelecę Tajkę. Miała fajne dupsko i spore cycki. Nie ruchałem nigdy Azjatki, pragnąłem tu i teraz to nadrobić. Powiedziałem, że chcę ją dymać. Nie było z tym żadnego problemu. Oparła się o ścianę i wypięła cipkę. Wsadziłem jej, spoglądając na łóżko, na którym Magda z rozkraczonymi nogami zaliczała Tajkę robiącą jej palcówkę. Z kolei Magda przyglądała się, jak posuwam swoją kurwę. Po kilku minutach pokazałem mojej, byśmy przenieśli się na łóżko. W jednym pokoju trzy laski, z którymi mogłem robić wszystko, na co miałem ochotę, nawet mi się nie śniły nigdy wcześniej. A teraz miałem je w realu. Chciałem z tego skorzystać.

Mojej dziwce kazałem klęknąć przed sobą i jednocześnie z drugą Azjatką pakowałem palce w cipę Magdy. Magda nachyliła się do mnie i zaczęła się ze mną lizać. Masowała też piersi tej, którą właśnie rżnąłem. Już nigdy później nie poczułem takiego zastrzyku adrenaliny jak wtedy.

– Zlej się w niej, męska kurwo! – Ten tekst był do mnie. Tajskie dziwki raczej nie rozumiały polskiego.

– Chcę zlać się w tobie. Wypnij się jak ona – odpowiedziałem. Magda nie miała zamiaru. Nie teraz.

– Zalicz ją do końca. – Miała swoją wizję dzisiejszej orgietki. – Dam ci dupy, gdy wrócimy do hotelu.

Palcami masakrowałem pizdeczkę białej przyjaciółki. Azjatka przyciskała mój tyłek dłonią i nadawała tempo rżnięciu tej drugiej. To było kosmiczne dymanie. W głowie łomotały mi tam-tamy, serce nigdy wcześniej ani już nigdy później nie musiało wykonywać tak tytanicznej pracy. Gdy zlewałem się w ciasnej, azjatyckiej cipce, czułem się jak Mojżesz, który laską rozchyla głębiny Morza Czerwonego. Moja laska rozpoławiała jedynie różową piczkę tajskiej dziwki, ale myślę, że samopoczucie miałem lepsze niż Mojżesz. Dużo lepsze.

Kiedy tylko wróciłem z Magdą do hotelu, wypięła się na łóżku i podciągnęła spódniczkę.

– Zerżnij mnie tak jak tę prostytutkę. Ostro – błagała o dymanie. Nadal było jej mało. Miałem ochotę na więcej, dlatego zapakowałem jej głęboko. Nie potrzebowała żadnego przygotowania. Muszelka Magdy okazała się wilgotna i pulsująca. To było drugie dobre dymanie owego dnia. Wiedziałem, że nigdy tego nie zapomnę. Minęło już trochę czasu od tej niesamowitej orgii, ale do dzisiaj na samo wspomnienie fiut podnosi zadowolony z siebie łeb i łypie do mnie okiem.

Kasia

Dochodziła trzecia po południu. Siedziałem w biurze. Czekałem na Kasię. Miałem ją zatrudnić. Poznałem ją przez szefa jednej z firm, z którą współpracowałem od wielu lat. Była niezwykle interesującą dziewczyną. Ciemna karnacja, krucze włosy i czarne roziskrzone oczy... Myślę, że w jakiś sposób mnie urzekła, gdy tylko ją zobaczyłem. Nie umiałem i wciąż nie umiem tego nawet właściwie nazwać. Zaproponowałem jej dorywczą pracę dzień po tym, jak jedna z moich pracownic ukradła mi część bazy danych i przekazała konkurencji. W ciągu kilku godzin kazałem tamtej wypierdalać. Uznałem, że Kasia, o której jej szef miał bardzo dobre zdanie, zechce dorobić parę groszy od czasu do czasu. Nie zamierzałem nikogo nowego zatrudniać na stałe. Potrzebowałem osoby, do której miałbym bezwzględne zaufanie. Na tyle sprawdzonej, bym mógł udostępnić jej wszelkie papiery i bez strachu dać dostęp do informacji w mojej sieci komputerowej. Kasia miała odpowiednie rekomendacje.

Przez weneckie okna biura widziałem, jak drepcze po schodach w kierunku wejścia. Otworzyłem drzwi, zanim zdążyła zadzwonić. Stała z wyciągniętą w kierunku dzwonka dłonią. Chwyciłem jej wyprostowany palec, przytrzymałem i potrząsnąłem tak, jakbym się witał. Oboje wybuchnęliśmy śmiechem.

– Wejdź, proszę – powiedziałem i rzuciłem okiem na zegarek. Była pięć minut przed czasem. Minęła mnie, a gdy odwróciła się lekko w moją stronę, dostrzegła wzrok, którym taksowałem ją znacznie poniżej linii pleców. Żeby jakoś z tego wybrnąć i usprawiedliwić zbyt pochyloną głowę, jeszcze raz sprawdziłem, która godzina.

– Spieszysz się? Bo nie chcę przeszkadzać, może przyszłam nie w porę? – Jakby zupełnie nie zauważyła mojego zagubionego spojrzenia.

– Nie, no coś ty, przecież byliśmy umówieni. To odruch bezwarunkowy – odpowiedziałem nieco zakłopotany.

– Ech, wy faceci. Wszystko tłumaczycie instynktem – skomentowała z pobłażaniem.

W ciągu kilku sekund zorientowałem się, że była ubrana inaczej niż wtedy, gdy ją widywałem wcześniej. Teraz miała krótką, czarną, obcisłą mini, wysokie szpilki, żakiecik i czarną skórzaną kurtkę. Wyglądała bardzo seksownie. Zbyt seksownie.

– Nie… nie wszystko. – Próbowałem się uśmiechnąć, ale nie wyszło to naturalnie. Poza tym lekko się zająknąłem.

Istniały kobiety, przy których zaczynałem się jąkać. Poczułem się skrępowany, bo przecież znałem Kasię i nie powinienem tak na nią reagować. Nigdy mi się to przy niej nie zdarzyło. Może to dlatego, że spotykam się z nią sam na sam pierwszy raz? A może dlatego, że była tak ubrana? Seksownie i bardzo kobieco. Miałem wrażenie, że fala gorąca rozlewa się gdzieś w środku mnie. Starałem się skupić na czymś innym. Było to trudne. – Kurwa mać! Spokój! – zakląłem w myślach.

– Kasiu, tu byłoby twoje miejsce, jeśli zechciałabyś czasem wpaść i dorobić sobie. – Wskazałem jej biurko z komputerem i obrotowy, skórzany fotel.

– Siadaj, zrobię ci kawę. Czarna, biała?

– Czarna, z jedną łyżeczką cukru. O ile na pewno masz czas. – Usiadła w fotelu. Powoli założyła nogę na nogę. Zauważyłem, że ma pończochy. Albo widziałem je oczami wyobraźni.

– OK, już się robi. Czuj się jak u siebie.

W kantorku, w którym znajdowały się czajnik i kawa, zająłem się przygotowaniem napoju. Próbowałem się opanować, bo Kasia mocno mnie rozkojarzyła. Czułem, jak kutas powoli mi staje. Klepnąłem go, przywołując organ do porządku i już za chwilę zaniosłem do pomieszczenia, w którym siedziała Kasia, dwie gorące kawy.

– Mogę tu zapalić? – W jednej ręce miała zapalniczkę, a drugą szukała w torebce papierosów.

– Tak, jasne, z przyjemnością z tobą zapalę.

Po kilku minutach gadaliśmy jak starzy znajomi. Była cholernie inteligentna, co jeszcze bardziej utwierdzało mnie w przekonaniu, że dokonałem dobrego wyboru. Paliliśmy kolejne fajki. Nawet się nie zorientowałem, kiedy minęła godzina. Tak dobrze mi się z Kasią rozmawiało. Zupełnie zapomniałem o kosmatych myślach, jakie rozpełzły się po mojej czaszce, gdy dziewczyna przyszła do biura. Do momentu, kiedy to wstała i nachyliła się w kierunku komputera, który znajdował się przy jej biurku. – Jezusie z Nazaretu, ależ ona ma obłędny tyłek – wydusiłem sam do siebie w myślach, które teraz przypominały tuzin czarnych popierdolonych kocurów bez sensu ganiających w małym, zamkniętym pomieszczeniu. Taki był mój stan umysłu, gdy wlepiłem wzrok w jej dupę opiętą czarną miniówką.

– Mogę go włączyć? – Odwróciła się nagle i popatrzyła mi prosto w oczy. Znów spojrzałem na zegarek, moje jedyne koło ratunkowe.

– Gdzieś się spieszysz? Czemu nie mówisz prawdy? – zapytała.

– Kasiu, nie, ja tylko… ja tylko chciałem sprawdzić, która godzina.

– W tym momencie wyzywałem się od skończonych debili, kretynów i popaprańców. Adekwatnie do sytuacji i stylu odpowiedzi. Wybuchła śmiechem.

– OK, jeśli jednak będziesz musiał wyjść albo jesteś umówiony, to po prostu powiedz. To jak? Mogę włączyć?

– Tak, oczywiście, włącz. Pokażę ci soft, na jakim pracujemy. Ale za chwilę. Przedtem pójdę do łazienki. Zaraz wrócę – wydukałem.

– Wszystko w porządku? – Przez sekundę musnęła wzrokiem mojego fiuta. A może mi się tylko zdawało?

– Tak, w porządku, za moment będę z powrotem.

W łazience ochlapałem twarz zimną wodą i szybko wypaliłem dodatkową fajkę, aby nieco ochłonąć. Pomogło. Kiedy wróciłem do Kasi, uznałem jednak, że to, co mi przed czterema minutami pomogło, nie zdało się na nic. Klęczała na fotelu przed ekranem komputera. Jej tyłek był wypięty tak seksownie, że nie byłem w stanie skupić się na czymś innym. Wielu facetów oddałoby wszystko, by zobaczyć taką kobietę jak ona w takiej właśnie pozie.

– O, jesteś... Księgowość... to ten program, prawda? – Czuła się swobodnie i ani odrobinę nie zmieniła pozycji. Jej cipka znajdowała się na wysokości mojej dzidy.

– Tak, to ten program. Odpal go… – Nie odrywałem wzroku od Kasi tyłka. To było silniejsze ode mnie.

– Hasło? – Nie odwróciła się.

– Marta, Natalia, Inga, Klaudia, Zenon, 1, 2, 2, 4, 3, 6, hash. Wszystko małymi literami – wydukałem, jąkając się. Dalej patrzyłem na jej tyłek. Byłem jak zahipnotyzowany. Mój wygłodniały twardziel wybrzuszył spodnie. Zacząłem panikować. Wklepywała powoli kolejne litery i cyfry. Wtedy zmartwiałem. Podałem jej główne hasło. Zupełnie się nie kontrolowałem. Zamarłem, wstrząśnięty własną głupotą. Zauważyłem, że dziewczyna cały czas obserwuje mnie w odbiciu monitora. – Ale ze mnie ciężki frajer! – zdążyłem pomyśleć, kiedy Kasia uśmiechając się, wyprostowała się powoli. Wciąż klęcząc na fotelu, obróciła się w moim kierunku.

– I co teraz zrobisz… – Spojrzała najpierw w dół, gdzie było widać maszt mojego namiotu wojskowego, a później uniosła wzrok i zaczęła świdrować mnie czarnymi oczami.

– Nie wiem, co mogę… zrobić… wiem… wiem, czego bym chciał.

– Czego byś chciał? Odważ się w końcu. – Miała tak kojący głos, że czułem, jak się rozpływam.

– Nie dam rady, to chore… nie wiem, co się dzieje – dukałem niczym uczniak z pierwszej klasy podstawówki deklamujący na apelu źle zapamiętany wiersz Konopnickiej.

– Proszę… chcę wiedzieć, czego byś chciał.

Nie byłem w stanie tego z siebie wydusić. Wziąłem jej dłoń i położyłem sobie na spodniach. – Błagam… nie dam rady – wyszeptałem. Patrzyła mi w oczy i delikatnie, bardzo delikatnie masowała członka przez jeansy. Była tak cudowna... Bałem się, że odjadę. W oczach mi pociemniało. Ogarnęło mnie niezwykłe podniecenie. Nie znałem siebie takiego.

Uniosła się w fotelu, przez moment przytuliła się do mojego torsu. Poczułem jej piersi. Usiadła wygodniej. Rozchyliła nogi. Upewniłem się, że rzeczywiście ma pończochy. Gładziłem ją po głowie i chłonąłem każdy gest. Cały czas mnie dotykała. Wzrok skoncentrowała na okolicach rozporka. Zacząłem rozpinać spodnie, szamotałem się z paskiem, potem z suwakiem. Nie mogłem sobie dać rady. Pomogła mi. Wyciągnąłem kutasa, wziąłem jej dłoń i położyłem na nim. Spojrzała w górę. Jej twarz wyrażała uznanie, aprobatę, podniecenie lub wszystko to razem. Opuściła wzrok i zaczęła mnie pieścić. Była niesamowicie delikatna. Czułem, że w głowie grają mi murzyńskie bębny. To musiał być mój puls. Z pewnością. Z trudem utrzymywałem się na nogach. Jednak wciąż stałem przed nią. Bałem się, że w każdej chwili mogę eksplodować i rozpaść się na tysiące drobnych kawałeczków, których już nikt nigdy nie poskleja do kupy. Nawet Copperfield wyposażony w beczkę Super Glue. Ona, jak kapłan starożytnej religii, masowała moją maczugę. Raz za razem, subtelnie, lecz z rozmysłem przesuwała skórkę czerwonego niczym muchomor kutasa, zbliżając mnie do finału. Oparłem się jedną dłonią o biurko, bo naprawdę obawiałem się, że mogę się przewrócić. Przyspieszyła, gdy wyczuła, że jestem coraz bliżej. Nadal jej ruchy były łagodne, ale coraz szybsze. Ta monotonna, ale kunsztowna i precyzyjna praca zbliżała się do końca. Fiut był blisko jej twarzy, liczyłem, że zacznie go lizać. Jednak nie, tylko trzepała. Rewelacyjnie, finezyjnie, ale tylko go waliła. Ścisnąłem mocniej krawędź biurka. Poczułem, że dochodzę. Ona też to wyczuła. Pracowała coraz szybciej. Wreszcie długa, biała struga chlapnęła jej na bluzkę. Kasia lekko odskoczyła, ale nie aby tego uniknąć, raczej przestraszona obfitym strumieniem. Druga struga pochlapała spódniczkę i udo. Trzecia struga… czwarta. Zamknąłem oczy z rozkoszy. Wtedy poczułem, że dłoń Kasi już mnie nie dotyka. Oddychając ciężko, spojrzałem na dziewczynę i zobaczyłem, że sperma ściekała po jej udzie. Wszędzie na ubraniu miała plamy. Kutas wciąż sterczał.

– Nie powinnam tego robić – powiedziała cicho. Nie podniosła wzroku.

– Poczekaj, dam ci coś, czym będziesz mogła się wytrzeć. Nie wiem, co powiedzieć. – Z opuszczonymi spodniami rozglądałem się za jakimiś chusteczkami, których nigdzie w pobliżu nie było.

– Mam w torebce. Podaj mi ją, proszę.

Sięgnąłem po nią. Podała mi chusteczkę, omiatając wzrokiem wciąż stojącą dzidę. Miała rumieńce i wydawała się lekko zakłopotana. Wytarłem się pośpiesznie i usiłowałem nieudolnie schować sterczący oręż. Przychodziło mi to z trudem. Kasia natomiast próbowała zetrzeć spermę z ud, żakietu. Mokre chusteczki zwinęła w kulkę i rozejrzała się za koszem na śmiecie.

– Daj. Przepraszam, że cię pobrudziłem. – Nachyliłem się, by pocałować ją w usta. Uciekła, odwracając twarz.

– Może chcesz skorzystać z łazienki?

– Nie, jest ciemno, a poza tym samochód stoi przy samym wejściu. Nikt nie zauważy plam. Muszę uciekać. Zdzwonimy się. Przeszkolisz mnie innym razem. – Wciąż była zmieszana i odniosłem wrażenie, że żałuje tego, co się stało.

– Mam nadzieję, że wszystko w porządku? – Zrobiło mi się przykro.

– Tak, ale muszę już uciekać. Nie gniewaj się. Zadzwonię jutro, dobrze? – Miałem przeświadczenie, że nie zadzwoni. Posmutniałem jeszcze bardziej.

– Dobrze. Patrzyłem, jak wkłada kurtkę, poprawia spódniczkę i wychodzi. Mijając drzwi, rzuciła przelotne, jakby pożegnalne spojrzenie na wciąż sterczącego w spodniach zucha. Kiedy wyszła, wyjąłem go. Zacząłem sobie trzepać. Wciąż byłem bardzo podniecony.

Trzy tygodnie później dowiedziałem się od kumpla, który Kasię polecił, że przestała pojawiać się w jego firmie. Przepadła jak kamień w wodę. Parę dni przedtem z mojego konta wyparowało czterdzieści tysięcy złotych. Nigdy w życiu nie spotkałem aż tak drogiej kurwy.

Selena

Zlecenie, jakie otrzymałem od klienta w Singapurze, bardzo mnie ucieszyło. Od paru tygodni kilka polskich firm zalegało mi z płatnościami, a oszczędności, których nigdy nie było zbyt wiele na koncie, niebezpiecznie topniały. Trafiał mnie szlag, ale po telefonie Martina chmury nad polskim niebem nabrały innego kolorytu. Mimo że był listopad i przed domem piździło niemożebnie, perspektywa wyjazdu do Singapuru na początku grudnia była pozytywnym kopniakiem w tyłek. Kopniakiem, którego bardzo potrzebowałem.

Gdy Martin powiedział mi o problemach, z jakimi boryka się jego partner i o tym, że uznał, iż moja pomoc może być nieoceniona, jedyne o czym pomyślałem, to kiedy mogę tam lecieć. Nawet nie interesowało mnie, ile mi tym razem zapłacą. Singapurskie firmy rzadko korzystały ze wsparcia europejskich specjalistów, a średnia pensja na poziomie trzydziestu tysięcy złotych miesięcznie to u nich norma. Mogłem śmiało liczyć na dwa razy więcej. Byłem gotowy pojechać nawet za połowę tej stawki i pracować za zwykłą urzędniczą pensję. To i tak trzy razy tyle, na ile mogłem liczyć za podobne zlecenie w Europie. Poza tym w Singapurze było słońce i przyjemne dwadzieścia siedem stopni w cieniu. Tu obraz nędzy, zimno i pochmurno. Zaczęły się pierwsze przymrozki. Chciałem się pakować natychmiast.

– Przyślecie bilet na samolot? – zapytałem, by się upewnić, że będę poważnie potraktowany.

– Tak, zrobiłem już wstępną rezerwację. Musiałem tylko wiedzieć, czy dasz radę przylecieć za cztery dni.

– Daj mi chwilę. Sprawdzę, czy uda mi się przesunąć klienta na styczeń. To duża europejska firma i jeden z ważniejszych kontrahentów…

Odłożyłem na moment telefon. Odszedłem dwa kroki i zapaliłem papierosa, patrząc przez szybę na napierdalający, marznący deszcz za oknem. Jeszcze jeden mach. OK, wystarczy.

– Słuchaj, Martin. Dobrze. Da się zrobić – zawiesiłem dramatycznie głos, czekając na jego reakcję.

– Super, czy numer twojego paszportu jest ten sam? – zapytał. Wyraźnie był radosny. Ucieszyło mnie to, bo szanse na dobrą stawkę znacznie wzrosły.

– Tak, paszport wciąż jest ważny – odparłem. – Czekam więc na potwierdzenie rezerwacji i widzimy się za cztery dni. A co z hotelem?

– Zrobię ci rezerwację w apartamencie hotelu, który ostatnio ci się tak podobał.

– Wizytówka miasta... tak, pamiętam. Wspaniale. Dobrze, będę gotowy za cztery dni. A my widzimy się za pięć.

– Nie pytasz o stawkę i warunki zlecenia?

– Martin, darzę cię zaufaniem i szacunkiem. Nie muszę pytać.

Singapurczycy mieli obsesję na punkcie zasad i relacji w biznesie. To mi imponowało. Tak bardzo mi brakowało tego w Polsce.

– Bardzo się cieszę. Do zobaczenia. – Usłyszałem w jego głosie zadowolenie i dumę z powodu tego, co mu powiedziałem. Odłożyłem telefon. Dopalałem papierosa, z triumfem patrząc na listopadowy armagedon szalejący za oknem.

* * *

Kiedy w Bangkoku przesiadałem się na samolot do Singapuru, pozbyłem się ostatniej, zbyt ciepłej jak na tutejsze warunki klimatyczne, bluzy. Mimo że klimatyzacja na lotnisku nie działała tak szaleńczo jak w burżujskim Dubaju, było tu przyjemnie ciepło. Ze skurwiałym uśmiechem na ustach pomyślałem o niskiej temperaturze, w jakiej zostali obywatele mojego rodzinnego kraju. – Ale ze mnie chuj – zbluzgałem się w duchu i uśmiech szybko zgasł na mojej niewyspanej, nieogolonej mordzie.

* * *

Niespełna trzy godziny od Bangkoku przywitał mnie Singapur. Grzmiało, ale deszcz nie padał. Czułem się jak w gorące, czerwcowe popołudnie w kraju papieża Wojtyły, gdzie w tym okresie staruszki klęczą przed wioskowymi figurami Matki Boskiej i modlą się, chuj wie o co.

A może tak dzieje się w maju? Gówno mnie to teraz jednak obchodziło. Byłem już w państwie, którego PKB plasowało je w pierwszej piątce świata. Nie chciałem czuć się jak Polak. W moim umyśle zamknąłem jedną szufladkę, a otworzyłem drugą. Usmarowaną psim gównem Polskę zostawiłem daleko za sobą. Odetchnąłem głębiej, zarzuciłem plecak na ramię i powlokłem się w kierunku lotniskowych taksówek.

* * *

Spotkałem się z Martinem następnego dnia w hotelu. Przyniósł pokaźny stos dokumentów. Miał też gotową umowę. Leżała na samej górze pliku papierów. Wyraźnie chciał ją wyeksponować. Od razu położył ją na stoliku przede mną, a obok złote pióro, z którego wcześniej zdjął skuwkę. Z wyczekiwaniem mnie obserwował. Zanim spojrzałem na dokument, chwyciłem w dłoń pióro, aby zasugerować zamiar podpisania umowy bez jej czytania. W zaledwie sekundę wzrokiem wyłuskałem kwotę oraz czas trwania projektu.

– O, kurwa! – wyrwało mi się na głos, bo nie spodziewałem się aż takiej sumy za dwa tygodnie pracy w komfortowych, azjatyckich warunkach.

– Kuhlfa? – zapytał, powtarzając słowo, którego nie słyszał nigdy wcześniej. Byłem bowiem jedynym Polakiem, jakiego znał. – Masz zastrzeżenia do umowy? – dodał nienaganną angielszczyzną, której mu zazdrościłem.

– Martin. Jestem naprawdę bardzo zadowolony, że mogę dla ciebie pracować. Bardzo ci dziękuję. – Powoli wstałem i głęboko się ukłoniłem w stylu Hiroshima-Nagasaki. Martin był pół-Azjatą, który kultywował tradycje rodzinne skośnookiego ojca. Podał mi dłoń. Mocno ją ścisnąłem i potrząsałem dwie sekundy dłużej, niż czyniłem to zazwyczaj.

* * *

Dwa tygodnie, które poświęciłem firmie Al-Corp w Singapurze, minęły błyskawicznie. Praca dla nich to była czysta przyjemność. Robiłem to, co potrafiłem, najlepiej jak umiałem. Szefowie byli mi wdzięczni. Posiadałem umiejętności szukania oszczędności tam, gdzie nikt inny ich nie dostrzegał, dzięki temu wartość projektu zyskała osiemset tysięcy singapurskich dolarów więcej, niż zakładali. Wiedziałem, że lwią część tej kwoty będą stanowiły bonusy dla zarządu. Martin, który był liderem projektu, też z pewnością nie miał powodów do narzekania. Byli mu wdzięczni, że ściągnął mnie do Azji w ostatnim momencie. A ponieważ wdzięczność w Azji zawsze oznaczała dodatkowe wpływy na konto, Martin czuł się w obowiązku podziękować mi osobiście. Na spotkaniu podsumowującym, gdzie nawet wyczytano z trudem moje nazwisko, podszedł do fotela, na którym siedziałem, gdy wszyscy szykowali się już do wyjścia. Kolorowa grupa facetów biła pokłony na prawo i lewo, uśmiechając się do wszystkiego, co stało na dwóch nogach. Nawet do kelnerek serwujących lampki szampana i przekąski.

– Zostań chwilę, proszę. Pożegnam tylko szefów – wyszeptał mi do ucha.

Nie byłem jeszcze na etapie bezpośrednich relacji z szefami korporacji. Jednak odnotowałem, że kilku nieznacznie skłoniło się w moim kierunku, zwłaszcza chwilę po tym, gdy z trudem zostało wyczytane moje nazwisko. Taka nobilitacja to był maks w owym momencie i w tych okolicznościach. Miałem prawo być zadowolony. Godzinę wcześniej dostałem powiadomienie SMS-em o przelewie na moje konto z singapurskiego banku. Kwota była większa o dziesięć procent od widniejącej na umowie. Miałem więc dodatkowe powody do radości.

Kiedy sala opustoszała, Martin podszedł do mnie. Jego mina określała poziom sukcesu, któremu liderował.

– Chcę cię dzisiaj zaprosić na małą kolację. W takim miejscu Singapuru, o którego istnieniu nawet nie wie wielu mieszkających tu od lat białych.

– Będę zaszczycony, Martin. Mam nadzieję, że jesteś zadowolony z rezultatów mojej pracy – powiedziałem.

– Nawet nie masz pojęcia, jak bardzo. A zatem bądź gotowy o osiemnastej. Przyjedzie po ciebie mój kierowca – zapowiedział z dumą. Kierowcę musieli mu przydzielić dzisiaj. Wcześniej sam prowadził srebrno-czarnego, nienagannie wypolerowanego mercedesa.

– OK, Martin. Bardzo się cieszę i dziękuję za zaproszenie – mówiąc to, skłoniłem się głęboko.

– To ja ci dziękuję. Za wszystko. Myślę, że nasza współpraca dopiero się zaczyna – oznajmił tajemniczo i szczerze się uśmiechnął.

* * *

Siedzieliśmy w dużej knajpie, w której znajdowało się wiele zacisznych zakamarków. Jeden z nich, o dwukrotnej powierzchni mojego biura w Polsce, okazał się w całości zarezerwowany przez Martina. Knajpa była szczególna. Meble, obrazy, lichtarze, wazy przypominały małe, azjatyckie muzeum. Z pewnością nie były to podróbki. Wchodząc tam, bałem się, że coś potrącę. Obawiałem się, że mogłoby mi zabraknąć kasy, gdybym musiał zapłacić za rozbicie choćby najmniejszego wazonika. Nie wiedziałem, w jakiej części Singapuru jestem. Zmęczony dniem ani o to nie pytałem, ani tak naprawdę tym się nie przejmowałem. Rezygnacja ze spotkania nie wchodziła w grę. Takich rzeczy tu się nie robi, gdy zaprasza cię, bądź co bądź, pracodawca.

Martin usadowił się na pluszowej sofie. U jego boku, z każdej strony, siedziała kobieta. Obie piękne. Jedna mulatka, druga Azjatka z domieszką białej krwi. Ubrane nienagannie, z delikatnym makijażem i bogatą biżuterią, prezentowały się bajecznie. Kontemplowałem ten widok kilka sekund za długo.

– Siadaj, proszę. – Martin na mój widok poderwał się prawdziwie uradowany i zrobił mi miejsce między sobą a mulatką. Przez moment odniosłem wrażenie, że rozbawił go mój maślany wzrok.

– Selena… Mia – przedstawił swoje towarzyszki. Obie lekko skinęły głowami.

– Przyszedłeś z koleżankami z korporacji? – zapytałem.

– Nie, one tu pracują. – Odniosłem wrażenie, że tym zdaniem zakończył wątek. To była sugestia, abym już na ten temat nic nie mówił.

Popijaliśmy wino, a rozmowa toczyła się wokół niczego. Martin powiedział, że jestem z Polski. Dziewczyny się ożywiły, jakby właśnie miały okazję poznać okaz fauny, która była na liście gatunków na wymarciu UNESCO. Zaczęły pytać o Polskę. Nie wiedziałem, co im powiedzieć. Przed oczami mignął mi kurdupel Kaczyński ogarnięty wizją zamachu w Smoleńsku, widziałem też komisję Antka Macierewicza, ujrzałem Terlikowskiego i błogosławionego Janka drugiego. O takich gównach oczywiście nie miałem zamiaru im mówić, bo albo by nie uwierzyły, albo zaczęłyby rzygać. Czego zupełnie nie chciałem. Zamiast tego wydukałem kilka banałów o Szopenie, polskiej kuchni, o tym, jakim jesteśmy, kurwa, europejskim krajem. No i że teraz u nas pada śnieg i jest mróz. Dziewczyny nie mogły zrozumieć, jak można jeździć samochodem, gdy jezdnia przypomina lodowisko. Były autentycznie zdziwione i rozbawione, kiedy opowiadałem o zimowych oponach i piaskarkach z pługami, które dzielnie toczą bitwy, gdy z nieba sypie się biały puch. Z pewnością byłem dla nich atrakcją wieczoru, kto wie, czy nie większą niż one dla mnie.

Lustrowałem ich cycki i te atrybuty, które można dostrzec, kiedy kobieta siedzi. Dokładnie obejrzałem Selenę, gdy wychodziła na chwilę do łazienki. Miała zgrabną figurę i skórę o odcieniu jasnego hebanu. Była wysoka i szczupła. Jak modelka. Choć obie kobiety naprawdę były niezwykle piękne, to Selena kręciła mnie bardziej. Myślę, że kolor jej skóry okazał się dodatkowym afrodyzjakiem. Wcinałem to, co przyniósł nam kelner i zastanawiałem się, jaki będzie finał owego wieczoru.

– Chcesz Selenę? – Wyrwało mnie z zamyślania pytanie Martina.

– Eee... – Naprawdę nie wiedziałem, co powiedzieć. – Obie są piękne. Mam wybrać?

– Jedna jest dla mnie, więc musisz się zdecydować. To prezent dla ciebie i podziękowanie. Ostatnie dwa tygodnie zapieprzałeś dla korporacji. No i dzięki tobie mam awans. Ale tego zapewne już się domyśliłeś.

– Selena – powiedziałem i podniosłem lampkę, by trącić kieliszek wina, który trzymał w dłoni. Mia uśmiechnęła się do mnie, choć był to nieco gorzki uśmiech. Ona też mi się podobała. – Nie można mieć wszystkiego – pomyślałem.

* * *

Knajpa oferowała też pokoje na górze. Przestronne, gustownie urządzone w kolonialnym stylu. Leżałem na łóżku. Marynarka niechlujnie przewieszona przez oparcie starego, pięknego krzesła, buty zzute i niedbale kopnięte w kąt, przyciemnione światło. Byłem troszkę wstawiony. Selena weszła do łazienki. Paliłem papierosa, czekając, aż wyjdzie. Rozpiąłem kilka guzików koszuli. Było cholernie gorąco, klimatyzacja dopiero zaczęła pracować.

Wreszcie wyszła. Na jej ciemnym ciele połyskiwała biała, koronkowa bielizna. Nie miała na sobie nic więcej. Stanęła w rozkroku w drzwiach. Rozłożone ręce oparła o framugi. Podniosłem się na łóżku. Przesunąłem się na jego brzeg, by lepiej się przyjrzeć. Piękna! Bez większego problemu mogłaby być modelką. Ale nie była modelką. Była tutaj, a ja miałem ją na wyciągnięcie ręki.

– Na co masz ochotę? Po prostu mi powiedz. Zrobię wszystko.

Postanowiłem ją przetestować. Wydawać kilka prostych poleceń, by zobaczyć, jak bardzo będzie posłuszna.

– Podejdź tutaj. – Wskazałem palcem miejsce tuż obok mnie, a ona podeszła.

– Odwróć się.

Na reakcję czekałem sekundę.

– Pochyl się.

Powoli wypięła swój boski, o kolorze kawy z mlekiem, tyłek. Na wysokości mojej twarzy, kilkadziesiąt centymetrów od niej, miałem egzotyczną cipkę, schowaną za skromnym, koronkowym skrawkiem materiału. Mój kutas stał na baczność. Wyciągnąłem dłoń i dotknąłem Selenę między nogami. Chwilę masowałem przez materiał jej muszelkę. Dziewczyna w tym czasie nawet nie drgnęła. To posłuszeństwo dodatkowo mnie podniecało.

– Selena... odwróć się – powiedziałem powoli i cicho.

Zrobiła to.

– Klęknij tu...

Klęczała przede mną w trybie całkowitej gotowości. Wstałem, rozpiąłem rozporek, wyszarpałem z gaci stojącą pytę.

– Zrób mi laskę. Obciągaj – wydałem rozkaz. Patrzyłem, jak obrabia kutasa. Zapewne grała, ale nie miało to dla mnie znaczenia. Była profesjonalna.

Po akcji z Magdą w Bangkoku i po pamiętnej orgietce z dziwkami coś się we mnie zmieniło. Zacząłem wszystkie kobiety traktować instrumentalnie. Jak dziwki. W sumie każda relacja mężczyzny z kobietą nosi większe lub mniejsze znamiona prostytucji. Czy się to komuś podoba, czy nie. Najmniej pewnie feministkom. Ale w tej sytuacji sam czułem się jak męska kurwa. Co powinno być satysfakcjonujące dla większości znanych mi feministek.

– Chcę cię rżnąć. Klęknij na łóżku.

Wykonała polecenie natychmiast. Nie wiem, skąd wzięła prezerwatywę, rozerwała opakowanie zębami i jak magik wciągnęła ją ustami na moją pałę. Hycnęła na łóżko, chyba w locie ściągając z czekoladowej zgrabnej pupy majteczki. Ustawiła się w pozycji na pieska i dała znać, że jest gotowa na rżnięcie. Skorzystałem od razu. Cipkę musiała przesmarować jakimś żelem, sam nie wiem, kiedy. Jednak nie zastanawiałem się nad tym długo, tylko z upodobaniem wjechałem w nią do samego środka. Była ciasna, ale elastyczna. Trzymałem dłońmi jej ciemne biodra i wbijałem z namysłem kutasa w głąb hebanowej pizdeczki. Nie wiem, czy było jej dobrze, czy to tylko element luksusowej gry, ale zaczęła zmysłowo jęczeć.

– Głośniej, suko! – wydałem komendę, która miała mi dać więcej rozkoszy. Potencjometr głośności, który Selena musiała mieć gdzieś między szparką a odbytem, posłusznie skoczył dwie kreski do góry, drażniąc przyjemnie mój zmysł słuchu. Jej czarny tyłek był do mojej dyspozycji. Waliłem ją coraz mocniej. Starałem się radośnie czerpać jak najwięcej przyjemności z jebania tej egzotycznej piękności.

Przewróciłem ją na plecy i rozsunąłem szeroko ciemne uda. Pomiędzy nimi lśniła zgrabna, aromatyczna cipka. Czułem ją, więc Selena musiała być choć trochę podniecona. Mimo że była to tylko luksusowa dziwka, jej podniecenie podbiło nieco moje męskie ego. Miałem ochotę rżnąć ją do upadłego. Wepchnąłem głęboko człona w czarną dziurę. Z lubością patrzyłem, jak moja biała sztywna parówa znika w tak kontrastującej kolorystycznie piździe. Chwyciłem małe piersi w dłonie, miętosiłem je i ostro rżnąłem cipę. Pochyliłem się nad Seleną. Odsunęła twarz, jakby w obawie, że chcę ją całować. Wiedziałem, że z kurwami takich rzeczy się nie robi. Chłonąłem zapach egzotycznej, gładkiej skóry. Lizałem szyję. Westchnięcia i jęki Seleny były tak spontaniczne, że teraz już byłem pewny, iż to nie spektakl. Rżnąłem ją metodycznie, jak biegacz, który ćwiczy wytrzymałość organizmu przed wielkim maratonem.

Mimo że klimatyzacja działała, pojedyncze krople potu kapały wprost na brzuch i piersi dziwki. To było bardzo dobre jebanie. Cały czas miałem na sobie gumę, ale strasznie chciałem zobaczyć, jak na skórze mulatki będzie wyglądała biała sperma. Tę fantazję zamierzałem możliwie najszybciej zrealizować.

Wyszedłem z niej i położyłem się na plecach. Natychmiast odczytała moje intencje i dosiadła białego rumaka, wypinając tyłek. Macałem zadek Seleny, a ona rytmicznie ujeżdżała mojego konia, utrzymując rytm stępa. Jeździłem konno, pewnie dlatego miałem takie właśnie skojarzenie. Nade mną unosiła się niezła klacz. Klepnąłem ją w tyłek. Puściła się w galop. Nie wiem, czy doszła, ale to, co odczytałem za orgazm, skończyło się piskiem, który przypominał stłumione wycie kojota. Paznokcie wbiła mi w skórę tak, że aż poczułem ból. Kurwa!

– Chcę spuścić ci się na twarz. Mogę? – zapytałem.

– Zrobię dla ciebie wyjątek – wydyszała zmęczona, pochylając się nade mną na kilka krótkich sekund, których potrzebowała, by odsapnąć.

Zeskoczyła z twardego i masakrującego jej cipę kutasa. Klęknęła na łóżku, przechodząc na *stand by*. Wstałem. Stanąłem tak, że mój biskup był o milimetry od jej twarzy. Ściągnęła gumę, popatrzyła na mnie w górę i powolutku wsunęła go w wilgotne usta. Robiła rewelacyjną laskę. Czułem, że długo nie wytrzymam, chociaż próbowałem przedłużać moment ejakulacji. Wiedziałem, że będę miał potężny wytrysk, bo od ponad dwóch tygodni nie dymałem. Przygryzłem wargi, chcąc napawać się spektaklem, który rozgrywał się na wysokości jąder. Napierdalała coraz ostrzej, może chciała już odpocząć lub dać mi oczekiwaną satysfakcję. Poczułem, że trysnę za ułamek sekundy. Naprawdę była profesjonalistką. Miała kutasa przed samą twarzą, trzepała go perfekcyjnie i z przymkniętymi oczami czekała na deszcz ejakulatu.

Pierwszy strzał był zbyt silny, minął o milimetry czubek jej głowy i poleciał gdzieś za nią. Nie otwierając oczu, zmodyfikowała nastawę mojej lufy, celując centralnie w sam środek czoła. Drugi strzał był równie obfity jak pierwszy. Trafił w dziesiątkę, sperma spłynęła na jej kształtny nos, pociekła po policzku. Kolejny, wycelowany precyzyjnie przez wprawną dłoń Seleny, trafił na drugi policzek. Ostatni zwilżył linię zaciśniętych ust. Widok skąpanej w białym nasieniu twarzy był niezwykle ekscytujący. Dziwka zwolniła tempo. Wykonała kilka delikatnych ruchów posuwisto-zwrotnych, a mój oddech pogłębił się i wyrównał. Otworzyła oczy i uśmiechnęła się, jak aktorka grająca w reklamie proszku do prania. Polizała wilgotny czubek mojego wciąż sterczącego tłoka i spierdoliła do łazienki.

Agata

Wszystkie kobiety, z którymi moje relacje kończyły się w łóżku, kochałem. Żeby doprecyzować – żywiłem do nich jakieś uczucia. Przynajmniej tak było na pewnym etapie życia. Dopiero później, sfrustrowany klęską poważnych w moim odczuciu związków, uznałem, że to walka z wiatrakami. Pomyślałem: dość rozczarowań! Dość szukania czegoś, co w przyrodzie chyba nie występuje.

No, ale zanim nastąpił ten etap, była jeszcze Agata, której panieńskie nazwisko powinno brzmieć Dramat. Po kilku miesiącach znajomości została moją żoną. Wtedy wydawało mi się to dorosłe, mądre i właściwe. Była miłość. Był ślub. Oczywiście cywilny, bo oboje nie bawiliśmy się w pierdoły z Jezuskiem w tle, uznając je za skrzyżowanie kultu wudu z bajkami o Królewnie Śnieżce zawsze dziewicy. Byliśmy na dorobku. Pierwsze wynajmowane lokum, po krótkim okresie zamieszkiwania z jej rodzicami, dawało nadzieję na znacznie częstsze stosunki, co dla dwojga młodych ludzi powinno być raczej radosną częścią wspólnego życia. Niestety, w naszym przypadku tak nie było. Agata okazała się oziębła. Miała jakiś problem z seksualnością. Zanim pierwszy raz w życiu zrobiła mi laskę, święto to poprzedziły wielomiesięczne dyskusje. Cóż, była dziewicą. Marzenie każdego faceta. Tyle teorii. Praktyka daleko odbiegała od rzeczywistości. Mimo że mieszkałem sam na sam z żoną i nie obawiałem się, że jej rodzice wpadną w najmniej oczekiwanym momencie, moje życie seksualne i tak wyglądało fatalnie. Chodziłem naładowany jak MiG-23 rakietami krótkiego zasięgu. Zastanawiałem się, co mogę z tym fantem zrobić. Oczywiście dawała mi dupy, ale bez finezji i namiętności. Rutyna odwalana od wielkiego dzwonu. Zbyt rzadko jak na moje potrzeby. To był dramat. Wszystko zmieniło się pewnego jesiennego dnia.

Znajome małżeństwo zaprosiło nas na sylwestra. Mała domowa impreza. Kilka par. Szampan, sałatka jarzynowa, deser owocowy i w tle mało ambitna muzyka w rytmie reggae. Nie jestem miłośnikiem takich imprez, ale poszliśmy.

Było miło, ale bez fajerwerków. No, może oprócz tych, które wystrzeliły w niebo za oknem około północy. Parę minut po drugiej lekko wstawione towarzystwo zaczęło się powoli rozchodzić. Tak się złożyło, że i ja poderwałem żonę do wyjścia. Uznałem, że czas na nas. Agacie było wszystko jedno. Wioletta, żona gospodarza, atrakcyjna blondyna z wielkim biustem, podeszła do mnie, położyła dłoń na ramieniu i zapytała:

– A wy dokąd? Zostańcie, zrobię jeszcze drinka. Agatko, no nie bądź taki smutas. Mamy Nowy Rok! – dodała, leciutko chwiejąc się na nogach.

– Dobrze, to może walniemy po jednym, zanim pójdziemy. – Porozumiewawczo spojrzałem na moją połowicę. Agata usiadła na kanapie, a Wioletta wolnym krokiem poszła do kuchni.

– Dopijmy szybko i zmykajmy. Mam dość na dziś, a ty? – zapytałem, a moja małżonka, zasłaniając dłonią ziewające usta, przytaknęła.

Gdzieś w pobliżu kręcił się Marek. Zabawny, inteligentny koleś, którego lubiłem. Zauważyłem, że raz czy dwa łakomie spojrzał na moją żonę. Zaimponowało mi to. I, o dziwo, podnieciło. Tak żeby widział, pomacałem nienachalnie Agatę, obserwując jego reakcje. Nie miała ochoty na amory. Wyraźnie ją to denerwowało i krępowało. Odpuściłem więc.

Wioletta wniosła tacę z drinkami. Nie wiem, co było w tej kolorowej mieszaninie, ale okazało się bardzo mocne. Nie przeszkadzało mi to jednak. Usiadła naprzeciwko. Zauważyłem pod nieco prześwitującą bluzką sterczące balony. Musiała w międzyczasie ściągnąć stanik. Próbowałem przestać się koncentrować na jej piersiach. Marnie mi jednak szło. Marek to zauważył, ale zignorował. Dziwne, że zupełnie się tym nie przejmował. Rozmawialiśmy nie wiem o czym. Jednak czułem rosnące między nami napięcie. Nie miałem pojęcia, czy mi się zdaje, czy atmosfera gęstnieje naprawdę. Uznałem, że po prostu alkohol ma taki na nas wpływ. A właściwie na mnie.

– Usiądź bliżej Wioletty. Przecież cię nie ugryzie. – Wyraźnie miał coś na myśli. Spojrzałem na Agatę, ale nie dostrzegłem ani cienia sprzeciwu na jej twarzy. Przesiadłem się. Popatrzył na mnie wyczekująco. W głowie mi zaszumiało, a kutas niebezpiecznie się naprężył.

– Aga, chodź do nas – nawet nie wiem, czemu ją zawołałem. Marek widocznie na to czekał. Jego żonka przysunęła się do mnie, a Agata usiadła blisko Marka. Byłem zaskoczony, że to zrobiła, trochę też zły i zazdrosny. Ale w tym momencie wszelkie odczucia tłumiło podniecenie. Mąż Wioletty wstał na chwilę i przyciemnił światło. Gdy siadał, zauważyłem, że położył Agacie rękę na udzie. Nie zauważyłem żadnej reakcji z jej strony, żadnego protestu. Zrobiłem to samo. Moja ręka wylądowała na udzie cudzej żony. Chyba na to czekała. Położyła mi dłoń na kroczu. Mogła z łatwością wyczuć mój stojący maszt. Zaszumiało mi w głowie. Z pewnością nie był to alkohol.

– Robi się gorąco – powiedział Marek. A ton jego głosu zabrzmiał jak u prezentera pogody.

– I bardzo ciekawie – uzupełniłem. W tym samym momencie kątem oka zauważyłem, że bierze dłoń Agaty i kładzie sobie w okolicach kutasa. Pewnie mu stał, ale nie widziałem dokładnie, ponieważ w pokoju panował półmrok rozświetlony stojącą w kącie lampką. Zresztą coś innego mnie teraz pochłaniało.

Wioletta wprawnie masowała mojego fiuta, którego bezlitośnie więziły spodnie. Zaczęła rozpinać rozporek. Zasłoniła mi przy tym tło, w którym mignęła Aga pochylona nad chujem Marka. Poczułem zazdrość, ale podniecenie było silniejsze. Wiola już miała w ręku napalonego zaganiacza. Trzepała go i powolutku zaprzyjaźniała się z moim najlepszym życiowym towarzyszem. W tle słyszałem głębsze oddechy Marka i delikatnie mlaskanie. Moja żona już mu ciągnęła. Nachyliłem się więc do małżonki kumpla.

– Weź go do ust – zazdrosny i podniecony wydałem polecenie. Wzięła bez gadania. Gdy pochyliła się, wsuwając pałę głęboko po samo gardło, odsłoniła mi widok na parę z tyłu. Agata perfekcyjnie ciągnęła Markowi kutasa. On z kolei tak dociskał dłonią jej głowę, że brała mu aż po jaja. Wkurwiłem się. Takiej laski nie robiła mi nigdy wcześniej.
– Co za szmata! – pierwszy raz pomyślałem tak o własnej żonie. Byłem nieziemsko wkurwiony sytuacją. Jednak bardziej podniecony tym, w jaki sposób miałem właśnie obrabianego chuja. Wiola starała się najlepiej, jak mogła.

Mój kutas był duży i podobał się kobietom. Miał ładny kształt, co często słyszałem od lasek, z którymi zawarłem na tyle bliską znajomość, by klęcząc przede mną, mogły go kontemplować.

Położyłem dłoń na głowie Wioletty i dopychałem ją tak, że aż zaczęła się lekko dławić moją pytą. Niesamowicie mnie to nakręcało.

– Proponuję spust na twarz – wydyszał Marek.

– OK, dziewczyny, klęknijcie przed nami.

Obie zrobiły to posłusznie. Stanęliśmy ramię w ramię, a suki nam obciągały. Pracowały jak tłoki w silniku wysokoprężnym. Były idealnie
zsynchronizowane. Gdy jedna wysuwała fiuta z ust, druga miała go głę-

boko, prawie w samym gardle. Wiola wyczuła, że już dochodzę. Wyjęła kutasa i dokończyła ręką. Po chwili całą twarz i rozpięty dekolt, z którego wylewały się ogromne cycki, miała w mojej spermie. Marek, gdy to zobaczył, również dokończył. Widziałem, jak Agata napierdala jego cygaro ręką i z przymkniętymi oczami czeka na wytrysk. Zlał się na jej mordę i piersi, które miała już na wierzchu. Nawet nie wiem, kiedy je wyjęła. A może zrobił to on?

Sapanie męskiego tandemu ucichło. Dziewczyny poleciały do łazienki. Jak na komendę, schowaliśmy swoje tarany.

– Napijesz się czegoś jeszcze? – jak gdyby nigdy nic zagadnął Marek.

– Nie, mam ochotę zapalić.

Poszliśmy na fajkę. Paliliśmy w milczeniu, jakby nic się nie stało. Pierdoliliśmy coś bez sensu. Do kuchni weszła spłoszona Aga.

– Mogę też zapalić? – zapytała nieśmiało. Marek poczęstował ją fajką. Podałem ogień. Lanca znów mi stała. Byłem zazdrosny, że przed chwilą Agata ciągnęła człona mojemu kumplowi. Chciałem ją ukarać. Dopaliłem pośpiesznie papierosa. Potem wyprowadziłem ogiera ze stajni.

– Trzep kutasa – wydałem chamskie polecenie zmieszanej i zaskoczonej żonie.

– Ale...

– Rób, co mówię. Wal go.

Odłożyła palącego się papierosa do popielniczki i zaczęła robotę.

– Marek, podaj jej też. Jeśli masz ochotę. Zrobi to bez problemu. Widocznie miał ochotę. Wyjął fiuta. Aga spojrzała na mnie pytająco. Z mojej miny słusznie wywnioskowała, że ma to zrobić. Wzięła jego sterczącego słupa do ręki i oba obsługiwała jednocześnie.

– Klęknij.

Zrobiła to jak automat.

– A teraz ciągnij na zmianę.

Najpierw wzięła jego chuja, a mojego trzepała. Robiła to trochę nieporadnie, bo trudno było o synchronizację z dwoma instrumentami naraz, ale się starała.

– Teraz mi ciągnij, a jemu napierdalaj.

Natychmiast wykonywała komendy. Ta scena zapadła mi w pamięć. Było to ostre porno. Nieziemskie obciąganie w układzie dwa na jedną. Orgia nie trwała długo, po kolejnej zmianie obaj zlaliśmy dokładnie Agaty twarz. Wyglądała jak zwykła kurwa z podłego pocieracza.

Dotarło do mnie, że tego dnia nadszedł początek końca mojego małżeństwa. Dwa lata później przekonałem się, że miałem rację.

Fanka

W czasie gdy nasze małżeństwo dogorywało, rozgrywał się największy dramat mojego życia. Chociaż nadal kochałem Agatę, nie mogłem na nią patrzeć. Winiłem ją o to, co się stało, ale też już wiedziałem, że nie będzie happy endu tego związku. Z jednej strony żałowałem i czułem się źle z tym wszystkim. Z drugiej podświadomie kierowałem swoje życie na inne tory. Zaczynałem robić rzeczy, których wcześniej się bałem lub których bała się moja przyszła eks.

Uznałem, że już nie muszę być wierny. Regularnie uprawialiśmy seks. Był teraz bardziej wyrafinowany, częściej inicjowany przez nią niż przeze mnie, a robienie loda stało się codziennym rytuałem. Lecz był to już tylko układ. Żyliśmy razem i się pierdoliliśmy, ale na uczucia, wspólne marzenia i rysowanie przyszłości nie było już miejsca. Oboje wiedzieliśmy, że i ten układ się skończy pewnego dnia. Brakowało nam jednak odwagi, by powiedzieć to na głos.

Bez konsultowania czegokolwiek z Agatą, co wcześniej było regułą, zacząłem realizować swoje marzenia. Złożyłem podania o pracę w kilku rozgłośniach radiowych. Wróciła młodzieńcza pasja. Felietony Marii Czubaszek w Programie Trzecim Polskiego Radia, listy przebojów Niedźwieckiego, „Powtórka z rozrywki". Na tym się wychowałem, to gdzieś we mnie wciąż drzemało, nie pozwalając czasem zasnąć. Głos miałem radiowy, nie sepleniłem, miałem też masę pomysłów. Po dwóch tygodniach w skrzynce e-mailowej znalazłem pojedyncze odpowiedzi. Z czternastu wysłanych podań pięć rozgłośni odpowiedziało sztampowo – ...bla, bla, bla, dziękujemy Panu. Odezwiemy się w późniejszym terminie.

Nie miałem znajomości, sam nie wiem, na co liczyłem. Ganiłem się w duchu za zbyt wybujałe ambicje. Jedna odpowiedź była jednak inna. Mała lokalna stacja zaprosiła mnie na spotkanie. Otworzyłem kalendarz w laptopie. Szansa na pracę w prawdziwym radiu już za trzy dni. W głowie kłębowisko myśli. W końcu uznałem, że wóz albo przewóz. Przynajmniej spróbuję. Tak czy inaczej poprawiło mi to humor. Pierdolnąłem pokrywą laptopa i uśmiechając się sam do siebie, zapaliłem fajkę.

* * *

Praca w rozgłośni nie była dokładnie tym, czego spodziewałem się w naiwnych, młodzieńczych wyobrażeniach. Miałem wtedy niespełna trzydziestkę na karku. Atutem okazały się nocne godziny audycji i możliwość palenia papierosów za konsoletą. Zajęcie było nudne, miałem puszczać muzykę, czasem odebrać telefon na antenie, zapowiedzieć serwis informacyjny lub komunikaty specjalne, których nigdy się nie doczekałem. Na moje nieszczęście w trakcie owych radiowych dyżurów nie spadały żadne samoloty, nikt nie atakował centrów handlowych ani nie gwałcił masowo zwierząt domowych. A zatem komunikatów na biurko nigdy nie dostałem do odczytania. Jeśli chodzi o muzykę, to nie było szczególnych wymagań, ponieważ „w nocy radia słuchają naspidowani narkomani albo psychiczni", jak często, rechocząc, mówił wiecznie nieświeży szef, gdy pozostawiał mnie na nocnym posterunku.

O pierwszej w nocy leciała więc moja ulubiona muza: Dezerter, Kazik Staszewski, Defekt Muzgó, Zielone Żabki albo zupełnie nieznane wykurwiste zespoły, które nigdy nie łapały się na żadne konkursy, nagrody, a nawet koncerty. Tym sposobem zaznajamiałem grono swoich psychicznych, wiecznie naćpanych słuchaczy z polskimi grupami, o których nikt poza mną nie słyszał. Punkowy Vulgar z Sopotu napierdalający czymś, co musiało powstać w głowie samego Szatana pod wpływem silnych i niedopuszczonych do obrotu przez NFZ substancji psychoaktywnych. Kalesony Boga Wojny, Insekty na Jajach, Padlina Szarika i oczywiście „sława" Silna Wola Edka Pindola to tylko niektóre ze składów, które z chorą satysfakcją zapodawałem. Tak mi się spodobało to, że nikt z szefów ani z KRRiT mnie nie opierdalał za autorskie składanki, że wkrótce puszczałem zespoły, które nie potrafiły nawet grać. Miałem z tego niezły ubaw. Szumnie zapowiadałem eksperymentalny rock w wykonaniu kapeli Deliric, by później spierać się na antenie z jakimś muzykiem o to, że nie była to kakofonia, tylko przesunięcie w czasie warstwy melodycznej niektórych instrumentów.

Byłem tak nakręcony zupełną swobodą w eterze, że zacząłem ostro przeginać. Zdarzało się, że przez pół godziny w dwugodzinnym przysługującym mi bloku czytałem pisane przez siebie dzień wcześniej teksty. Na przykład opowieści o tym, jak wilkołaki pożerały małe katolickie dzieci, albo wiersze o ćpających kucykach. Moje audycje były jak *bad trip* dla coraz większego grona odbiorców. W pewnym momencie uznałem, że na pewno nikt mnie nie słucha. Ani szefowie, ani żadni inni żywi ludzie, bo w przeciwnym razie dawno powinienem być wyjebany za to, co wyprawiałem. Gdyby nie coraz częstsze popierdolone telefony od grupy fanów, naprawdę bym w to uwierzył. Na moje nieszczęście szef, współwłaściciel rozgłośni, pewnego dnia albo nie zachlał pały, albo w pijanym widzie posłuchał tego, co odpierdalałem w paśmie nocnym na częstotliwości 99,60 MHz.

Dochodziła godzina druga. Bez zwątpienia była to jedna z moich najmocniejszych audycji. Pod koniec śmiałem się na antenie z faceta, który kłócił się, że prezentowany przed chwilą poeta nie był godny sprzątać kibli, nie mówiąc o czytaniu na falach eteru jego wierszy o łysych wiewiórkach. Twierdziłem uparcie, że dwunastozwrotkowe dzieło o nieszczęśliwej miłości pary łysych wiewiórek zdobyło nagrodę literacką na biennale sztuki w Genewie, czym jeszcze bardziej rozwścieczyłem słuchacza. Koleś zaczął mnie wyzywać, a wszystko leciało na żywo. Oczywiście to ja stworzyłem poetę, który był autorem wymyślonego przeze mnie wiersza przeczytanego chwilę wcześniej. Ale utwór był, kurwa, prawdziwy. I dobry. Tak dobry jak wymyślony przeze mnie poeta.

Rozłączyłem malkontenta i powiedziałem tym, którzy nas słuchali, że do dyskusji o sztuce należy dorosnąć, po czym uraczyłem wszystkich kawałkiem kapeli Piwniczne Odpady. Zadowolony z siebie, wyłączyłem mikrofon i zapaliłem papierosa.

Spojrzałem przed siebie i zakrztusiłem się dymem. Za konsoletą była dźwiękoszczelna szyba. Tuż za nią stał czerwony na mordzie, ze śliną w kącikach ust, szef. Obficie gestykulował, a z gestów popularny *fuck* był najbardziej łagodny. Przeraziłem się nie na żarty, gdy zobaczyłem, jak wściekły do granic możliwości, pokazuje mi ruchy biodrami sugerujące, że za chwilę mnie wyjebie. Zacząłem się modlić, żeby chciał wyjebać mnie tylko z roboty. W kilka sekund pogodziłem się z myślą, że już nigdy nie będę pracował w tym radiu. Rozejrzałem się nerwowo na boki. Szukałem czegoś, czym mógłbym się zabarykadować. Nie było niczego takiego.

Zadzwonił telefon, audycja wciąż trwała. Migała czerwona lampka. Sięgnąłem, by go odebrać. Szef doskoczył do drzwi i zaczął je szarpać.

Ściszyłem muzyczną sieczkę, którą raczyły słuchaczy Piwniczne Odpady, a potem podniosłem słuchawkę i przełączyłem rozmowę na nadawanie. Szef kopał w ścianę, nie przejmując się, że idzie to w eter.

– Cześć, jesteś na antenie. Chyba jako ostatnia osoba dzisiaj i raczej w ogóle.

– Hej! Jesteś zajebisty, wiesz? – Usłyszałem młody, ładny żeński głos po drugiej stronie.

– Tak wiem, pracodawcy często mi to mówią.

Za dźwiękoszczelnym studiem znajdował się głośnik podający dźwięk z reżyserki, który wpieniał teraz jednego z owych pracodawców. Bałem się, że za chwilę szef przegryzie się przez deski obitych pianką drzwi. Walczył, skurwiel.

– Chętnie bym się z tobą rżnęła. Ostro i bez trzymanki.

To była moja najlepsza, pożegnalna, audycja.

– Dobrze, jeśli jesteś ładna, możemy to zrobić. Ale zanim się zdecyduję, proszę, powiedz mi i słuchaczom, jak oceniasz poemat o łysych, nieszczęśliwie zakochanych wiewiórkach?

– Jeśli mam być szczera, bardziej nakręciła mnie wzruszająca opowieść o ćpunie zaklętym w żabę, która nie może już przyjmować LSD. To było wykurwiste. A teraz mam ochotę na twojego ku...

Szybko przełączyłem rozmowę na studio, a słuchaczom puściłem najnowszy kawałek grupy Taki Syf, że Gnój. Byłem pewny, że męska część, słuchając głosu tej młodej laski, waliła sobie gruchy.

– Podaj swój numer. Niedługo zadzwonię – rzuciłem pośpiesznie do słuchawki. Patrzyłem na szefa napierdalającego w oddzielające nas drzwi i widziałem, jak z dobrotliwego grubasa zmienia się w krwiożercze monstrum.

Zapisałem namiary na kartce, którą schowałem do tylnej kieszeni spodni. Sytuacja była dramatyczna. Z trudem trafiłem słuchawką na widełki. Podszedłem na chwiejnych nogach do wejścia. Otworzyłem. Rozjuszony jak byk wpadł do środka i zatrzymał się na przeciwległej ścianie. Sapał. Odwrócił się do mnie, wykonał sus i zajebał mi z pięści w okolice szczęki. Poczułem słodkość w ustach.

– Pojebało cię?! – krzyknął. Wiedziałem, że to nie koniec. Na wszelki wypadek zająłem pozycję obronną. Rozejrzał się, jakby szukał czegoś ciężkiego. Czegoś, co wystarczy, żeby załatwić człowieka szybko i od jednego uderzenia. Na szczęście nic nie wpadło mu w oko.

– Ty popierdolony, chory skurwysynu. Stracę przez ciebie koncesję. Ty kurwo chodząca! – napierdalał mnie słowami nie gorzej, niż zajebał z prawej ręki. Zrobiło mi się go szkoda. Mógł mieć rację.

– Szefie, poniosło mnie. Nie wiem, co mnie napadło. – Starałem się go uspokoić. Sapał tak, że bałem się, iż dostanie zawału albo wylewu.

– W tej audycji tak jakoś mnie nakręcili słuchacze – kłamałem, żeby tylko się uspokoił. Żeby tylko mi tu nie padł. Chciałem, by moje programy były wyłącznie źródłem radości, a nie zgonów.

– Tylko w tej tak poleciałeś? – Dyszał już wolniej. Uspokajał się.

– Tak, szefie, w pozostałych była muzyka i pełna kultura. Tym razem tylko jakoś tak wyszło. – Usiłowałem go przekonać, że to prawda.

– Co ty, kurwa, ćpasz? Czy psychiczny jesteś? Kurwa, człowieku! No, w życiu nie spotkałem takiego pojeba jak ty. – Był już spokojniejszy, ale totalnie zdruzgotany. Musiał dać upust złości. Rozumiałem go, najważniejsze jednak, że spasował.

– Szefie, przepraszam. To była jedyna taka pokręcona audycja. Nie wiem, co mnie napadło. Może szef da mi jeszcze szansę? – Liczyłem na to, że nikt nie nagrywał tych nocnych kretynizmów.

– Chyba nie liczysz, że kiedykolwiek cię wpuszczę za konsoletę. Wypłaty za ten miesiąc też nie dostaniesz. Załatwię ci bilet – mówił już spokojnie, ale nadal był niesamowicie wkurwiony. I to jak!

– Bilet? Dokąd?

– Wilczy bilet, człowieku. Nigdy w żadnej stacji radiowej nie pojawisz się nawet jako gość. Tyle moje nazwisko jeszcze znaczy, że tego możesz być pewny.

Wyciągnąłem rękę, chcąc go pożegnać. Ale nie miał na to ochoty.

– Spierdalaj! Nie chcę już oglądać twojej mordy. Powiedz mi tylko… ten wiersz o jebanych, łysych wiewiórkach to twoje dzieło?

Smutno skinąłem głową.

– Ty jednak jesteś psychiczny. Wypierdalaj! – Zabrzmiało to jak wyrok bez możliwości apelacji. Ale i tak byłem mu wdzięczny, że zrealizowałem jedno z młodzieńczych marzeń. Wychodząc z rozgłośni, zastanawiałem się, jak przez parę miesięcy mogłem robić na antenie to, co robiłem. Nie znalazłem żadnej sensownej odpowiedzi.

* * *

Siedziałem w samochodzie. Włączyłem silnik. Nie włączyłem radia, co robiłem zawsze, gdy tylko wsiadałem za kółko. Sięgnąłem po telefon i wyciągnąłem kartkę z tylnej kieszeni. Wybrałem numer. Czekała…

– Cześć, na pewno masz ochotę na dobre rżnięcie? – zapytałem wprost.

Umieściłem w pytaniu lokowanie produktu, kładąc akcent na słowo „dobre".

– Tak, inaczej nie zadzwoniłabym do radia. Mam ochotę zrobić to teraz. Nie mogę przez ciebie zasnąć, draniu. – Roześmiała się do słuchawki.

– A jeśli nie jestem w twoim typie? Znasz tylko mój głos…

– Potrafię używać sieci. Nie jest trudno znaleźć twoje foty przez wyszukiwarkę Google. Pasujesz mi i mam na ciebie ochotę. Proponuję spotkać się na stacji Orlen, przy ulicy Kościuszki. To blisko rozgłośni. Zrobimy to w samochodzie. Tak mi się chce ruchać z tobą, że nie zasnę, jeśli tego zaraz nie zrobimy – napieprzała krótkimi, szybkimi seriami.

– Będę na tej stacji mniej więcej za dziesięć minut. Jak cię rozpoznam?

– Ja cię rozpoznam. – Rozłączyła się.

Przestraszyłem się. A jeśli to jakiś paszczur? Wielka, otyła, psychiczna fanka, która mnie zgwałci, a potem udusi noszoną zawsze przy sobie nylonową linką? A, chuj tam! Raz się żyje! Wrzuciłem bieg. Samochód potoczył się przed siebie.

* * *

Czekałem w umówionym miejscu kilkanaście minut. Zdążyłem zapalić drugą fajkę. W kieszeni paczka kupionych na stacji gumek. Denerwowałem się. Nie wiedziałem, kto przyjedzie. Ostatecznie uznałem, że jednak mnie lekko popierdoliło, dogasiłem papierosa i już chciałem wsiadać do auta, gdy oślepiły mnie światła nadjeżdżającego samochodu. Duży, elegancki pick-up. Przełknąłem ślinę.

Silnik zgasł jednocześnie ze światłami. Chuja widziałem. Byłem oślepiony jak Jurand potężnymi lampami dymiącej przede mną bryki. Ktoś wysiadł i usłyszałem kroki na obcasach zmierzające w moim kierunku. Oczy przyzwyczaiły się do ciemności. Stała przede mną filigranowa, zgrabna blondynka w kusym kożuszku i wysokich szpilkach.

– No i jak ci się podobam? – Wykonała piruet wokół własnej osi.

– Wow… jestem zaskoczony. Pozytywnie. – A kutas zgodził się ze mną. Zbudził się na samą myśl o przyjezdnej.

– W moim samochodzie będzie wygodniej. Jedziemy – krótko zadysponowała.

Zamknąłem auto i zapakowałem się do wozu fanki. Ulżyło mi, że za kierownicą nie siedział kaszalot, tylko zajebista, chętna na ostre rżnięcie młoda dupa.

Wjechała w podmiejski lasek. Miejsce było spokojne i ciche. Choć sceneria jak z dreszczowca klasy B. W dali migotały światła z rzadka przejeżdżających aut. Rozpięła kożuszek i zapaliła małą lampkę u wezgłowia. Ściszyła nieco muzykę sączącą się z radia. Miała duży biust oraz głęboko rozpiętą koszulę.

– Chodź do tyłu – rzuciła.

Obejrzałem się za siebie. Fakt, tam będzie wygodniej. Przesiadłem się na tylne siedzenie. Po sekundzie znalazła się obok. Wzięła moją dłoń i położyła na swojej piersi. Instynktownie zacząłem ją ugniatać i masować. Laska była wyposażona w fajne airbagi! Rozpiąłem jej koszulę, a ona zdjęła stanik i uwolniła dla mnie balony. Kutas był gotowy na atak. Ale wciąż miałem ochotę na cycki. Zacząłem lizać sutki. Sterczały i kusiły. Ssałem jak głodne niemowlę. Fanka próbowała dobrać się do mojego rozporka. Przestałem więc zajmować się balonami, by ułatwić jej sprawę. Wyjęła mój drążek i zaczęła pośpiesznie masować. Nie traciła czasu. Ściągnęła majtki, w tym czasie rzucając hasło „gumka".

Wyjąłem trzy kondomy. Jednego założyłem na fiuta. Wsiadła na mnie, podciągając miniówkę. Zaczęliśmy się całować, a ja znalazłem się już w środku mokrej pizdeczki. Fanka była naprawdę napalona. Właściwie czułem się gwałcony i wykorzystywany, kiedy jej drobny, wręcz dziewczęcy, chudy tyłeczek galopował na mojej pale. Jazda była niesamowita. Lizałem jej piersi i masowałem dłońmi, a ona szaleńczo gnała. To było cudne rżnięcie.

– Podoba ci się pieprzenie? – spytałem.

– Kurwa, i to jak! Jest lepiej, niż sądziłam. Chcę się z tobą spotykać i pieprzyć. Rżnij mnie, ty mój radiowy jebako – ostro darła ryja. Czułem, jak pochwa pulsuje i ściska mojego urwisa. Wydawało mi się, że dziewczyna od jakiegoś czasu ma kompulsywny, chroniczny orgazm.

– Powiedz, kiedy dojdziesz. Chcę się już spuścić – wysepleniłem, liżąc sterczące, ogromne sutki.

– Jaaa, cały czas maaam orgaazm... Jeszcze... pierdol mnie... jeszcze, skurwielu.

Przed oczami stanął mi były szef z rozgłośni. Kurwa! Wsunąłem dłonie pod zadartą spódniczkę. Nieznajoma miała odjechany tyłeczek. Przyciskałem go tak mocno, jak tylko mogłem. Słyszałem mlaśnięcia i klaskania piczki. Nie oszczędzałem jej. Po kilkunastu minutach ostrego jebania napalona fanka miała chyba dość.

– Tryskaj, radiowy draniu, jeśli cię kręci moja cipka. – Dała mi zielone światło. Ordynarnie nabijałem ją na chuja, trzymając dłonie na linii, gdzie biodra łączyły się z bajkowym dupskiem. – Takie tyłki muszą mieć księżniczki – przeszło mi przez myśl. Wtedy poczułem skurcze, które tłoczyły spermę nasieniowodami do gumowego kapturka na końcu mojego berła. Pod przymkniętymi powiekami zamigotały mi gwiazdy. Raz, dwa, trzy... cztery... Opadłem z sił. Zeszła ze mnie, zostawiając wciąż podnieconego, z na wpół sterczącym kutasem ozdobionym śmieszną chorągiewką z kondoma, w którym zebrało się kilkanaście mililitrów życiodajnej substancji. Ściągnąłem prezerwatywę i związałem. Zacząłem wciągnąć zsunięte do kolan spodnie. Ona założyła majtki i poprawiła spódniczkę.

– Spotkamy się dzisiaj po południu? – Spojrzała pytająco.

Powoli świtało, mogłem dokładniej obejrzeć ładną, drobną twarz dziewczyny. Wyglądała na niewinną studentkę. Ale nawet jeśli studiowała, to z pewnością nie była niewinna. Była jednak piękna. Tak bardzo, że można się w niej zakochać.

– Zadzwonię. Obiecuję. Choć to nawet jak na mnie trochę szalone – przyrzekłem z namysłem.

– Nie podobało ci się? Jesteś naprawdę dobry. I podobasz mi się. Tak samo jak twoje popaprane audycje – powiedziała z rozbrajającą szczerością.

– Było zajebiście. Bardzo... – Pocałowałem ją w usta. Do dziś nie wiem, jak miała na imię.

Paulina

Pracowała dla mnie. Była moją asystentką. Lub kimś w tym rodzaju. Wysyłała pocztę, jeździła do księgowej, ogarniała korespondencję. Zdarzało się, że towarzyszyła mi na spotkaniach z klientami. Pilna, miła, skrupulatna, młoda i ładna. Jednym słowem, idealna osoba na tym stanowisku. Paulinę przywoził do pracy jej facet. A po pracy odwoził. Sporadycznie robiliśmy to ja lub Krzysztof, moja prawa ręka w firmie.

Miałem jednak pecha. Zadurzyłem się w niej. Sam nie wiem, jak i kiedy to się stało. Zbyt długie przesiadywanie razem, nadgodziny, konsultacje. Była zabawna, delikatna. Po nieudanym małżeństwie sądziłem, że koniec z dupami. Oczywiście w sensie uczuć. Bo z dymania nie umiałem jakoś zrezygnować. Ale walenie przypadkowych lasek, nawet fajnych, każdemu się w końcu może znudzić. Mnie się znudziło do tego stopnia, że miałem odruchy wymiotne, gdy nadarzała się kolejna sztuka gotowa rozłożyć przede mną nogi. Zdawałem sobie sprawę, że jestem atrakcyjny, jednak nie byłem typem narcyza. Może to trywialne, ale łaknąłem prawdziwego uczucia. Przytulenia, pocałunku, głaskania po głowie, twarzy.

Pewnego późnego popołudnia, gdy Paulina już wychodziła, nie wiem, dlaczego powiedziałem coś, czego miałem później gorzko żałować.

– Przytulisz mnie? – Mój głos brzmiał jak prośba przedszkolaka, który pragnie lizaka.

– Co? – zapytała zaskoczona.

– Przepraszam, to głupie…

– Niekoniecznie, potrzebujesz tego? – Była bardzo poważna, a wzrokiem przewiercała mnie na wylot.

– Ba... bardzo – zająknąłem się.

Podeszła do mnie i rozpięła kurtkę. Objęła i wtuliła się we mnie. Zamknąłem oczy. Gładziłem jej plecy, powoli i delikatnie przesuwając po nich dłońmi. Chłonąłem zapach długich, jasnych włosów. Pogłaskałem po głowie. Głęboko westchnęła i nagle cofnęła się o krok.

– To może być niebezpieczne. Dla mnie i dla ciebie. Więcej mnie o to nie proś. Błagam. – Głos jej drżał.

– Przepraszam. Idź już. Uciekaj do domu.

Zapięła kurtkę i nie patrząc na mnie, wymknęła się z biura. Zakląłem pod nosem. Zły na siebie i swoje słabości, nad którymi nie potrafiłem zapanować.

* * *

Kolejne dni w firmie płynęły tak, jak gdyby nic się nie stało. Każde z nas udawało, że tych kilku minut i przytulenia po prostu nie było. Oszukiwaliśmy się, ale okazało się to trudne dla obojga.

Był piątek. Tego dnia została dłużej, choć nie było takiej potrzeby. Jakby czekała, aż wszyscy wyjdą. Wszyscy oprócz mnie. Stanęła przy drzwiach. Stała przy nich dłużej niż zwykle wtedy, gdy żegnała się, kończąc pracę. Miała też mocniejszy niż zazwyczaj makijaż. Zauważyłem to już rano, kiedy tylko przywlokłem się do biura.

– Dziś ja chcę cię o coś poprosić… – powiedziała, ale wciąż się wahała.

– Słucham…

– Chcę, żebyś to ty mnie przytulił. Proszę… – wyszeptała.

Podniosłem się z obrotowego fotela i stanąłem przed Pauliną. Patrząc jej w oczy, powoli rozsunąłem zamek od kurtki. Rozchyliłem poły materiału dzielące mnie od tej kruchej, pięknej istoty. Ostrożnie wsunąłem ręce pod ubranie i przytuliłem ją do siebie. Westchnęła.

– Proszę, nie przestawaj. Tul mnie….

W środku mego ciała coś drżało i kotłowało się na przemian. Czułem podniecenie, ale to nie było wyłącznie pożądanie. Z pewnością nie tylko. Znów tak jak ostatnim razem gładziłem jej plecy, długo, powoli. Trwało to całą wieczność. Chciałem, żeby przekonała się, jak na mnie działa i zobaczyła, co się ze mną dzieje. Położyłem dłoń na jej cudownych, kształtnych pośladkach i przycisnąłem do siebie. Nie zaprotestowała. Poddała mi się całkowicie. Odszukałem ustami usta Pauliny. Zaczęliśmy się całować. Jej oddech spłycił się niebezpiecznie i przyspieszył. Była podniecona. Tak jak ja. Poczułem oblewającą mnie falę gorąca. Pieszczotliwie przesuwałem dłońmi pod luźnym sweterkiem. Miała małe piersi i duże sutki. Zacząłem się nimi bawić, nie przestając się z nią całować.

Moje pocałunki tłumiły jej jęki. Pragnąłem posłuchać, jak śpiewa. Przysunąłem się w kierunku drzwi, aby przekręcić klucz w zamku. Cały czas nie wypuszczałem Pauliny z objęć.

– Co robisz? – zapytała, jakby nie dopuszczając do świadomości, dokąd oboje zmierzamy. Położyłem palec na jej ustach. Źle to zrozumiała, ale spodobało mi się, gdy zaczęła go lizać, a po chwili całkiem wsunęła sobie w usta. Prezentowała, co potrafi. Byłem niesamowicie nakręcony. Bałem się, że spuszczę się za wcześnie, już wtedy, gdy obciągała mój wskazujący palec. Wziąłem ją na ręce i zaniosłem na sofę.

– Nie możemy... – wydyszała podniecona, ale nie zrobiła nic, żeby to przerwać. Znaki, jakie dawało jej ciało, mówiły, że chce więcej. Macałem każdy skrawek skóry. Lizaliśmy się wściekle. Kąsała mnie. Czułem, że robi mi krwawe ślady. Bolało jak cholera, ale podniecenie było silniejsze. Dłonie prześlizgiwały się po jej kroczu, które opinały elastyczne, obcisłe spodnie. Miała wspaniałą figurę. Czułem nawet przez materiał, że tam jest wilgotna.

Całowała mnie zachłannie, a ja nie otwierając oczu, wyszarpnąłem ze spodni fiuta. Chyba tego nie widziała, bo gdy położyłem jej dłoń na moim gorącym i napiętym do granic możliwości kutasie, cała zesztywniała i wycofała rękę.

– Nie... – wyjęczała przestraszona. – Nie mogę.

– Zrobię więc to sam. Całuj mnie, proszę... Nie dam rady. Muszę to zrobić – mówiłem prawdę. Było mi wszystko jedno. Chciałem się spuścić za wszelką cenę i jak najszybciej. Znów zaczęła mnie całować. Jeszcze energiczniej i namiętniej. Ewidentnie chciała mi pomóc dojść, nie dotykając nawet mojego pytonga. Poczułem na szyi pocałunki. Dzięki temu mogła widzieć, jak walę sobie sterczącą pałę. Zaczęła lizać mi ucho i stękać. Nie trwało to długo. Byłem tak podminowany, że po chwili trysnąłem spermą, chlapiąc nią na prawo i lewo, niczym strażak z sikawką walczący z rozproszonymi źródłami pożaru.

Popatrzyłem na jej spodnie i dostrzegłem duże, białawe plamy. Spojrzałem Paulinie w oczy. Były załzawione. Dostrzegłem w nich mieszaninę ogromnego podniecenia i takiegoż żalu.

– Przepraszam, kochanie – powiedziałem.

– Kochanie? – zdziwiła się.

– Przepraszam. – Sam byłem zaskoczony, że użyłem takiego słowa.

– Ciii... nic nie mów. – Położyła mi palec na ustach i oparła głowę na ramieniu.

* * *

Między nami zaczął się romans. Po dwóch tygodniach uprawialiśmy regularny, namiętny seks. A ja się po prostu zakochałem. Zdarza się. Miałem nadzieję, iż wreszcie skończyły się wiecznie nieudane związki; że o byłej żonie nie wspomnę. Seks z Pauliną był wyśmienity. Zero zahamowań. Laska, dymanko na stojąco, w samochodzie, w lesie, na parkingu. Dawała mi wszędzie i chętnie. Spust na twarz? Proszę bardzo. Chcesz jeszcze raz? Wypiąć się bardziej? Może cię poujeżdżać? Miałem to, czego pragnąłem i tyle, ile zapragnąłem. Gdybym jej nie pokochał, wszystko byłoby prostsze. Ale nie było. Miała przecież faceta.

Twierdziła, że mu o nas powie, tylko żebym poczekał jeszcze tydzień, dwa. Czekałem. Tak minęło pół roku. Okazało się, że pasował jej taki układ. Rżnięcie w pracy. Rżnięcie w domu. Ale o tym dowiedziałem się oczywiście jako ostatni.

W pewien pochmurny piątek, gdy wychodziłem z biura, niespodziewanie dostałem jeden długi prosty cios w nos. Zamroczyło mnie. Upadłem na kolana. Wtedy poczułem kopnięcie w żebra. Zabolało tak, że przed oczami mi pojaśniało. A był już wieczór.

– Ty pierdolony gnoju! Rypiesz moją laskę – usłyszałem. Druga bomba poszła na twarz. Zdążyłem się zasłonić, więc nie wyrządził mi większej krzywdy.

– Masz rację, ale nie jest tak, jak myślisz – próbowałem mu coś wyjaśnić. Lekko ugiąłem drżące nogi. Nie zamierzałem przyjmować więcej strzałów, ani w łeb, ani na klatę. Chociaż mi się należały.

– Wiesz co? Pierdol się! Ona już u ciebie nie pracuje, śmieciu. – Splunął mi pod nogi, odwrócił się i poszedł.

Stałem tak z płynącą z nozdrzy ciepłą, lepką krwią, która kapała na kurtkę. Widziałem, jak nie odwracając się w moim kierunku, podchodzi do auta, wsiada i z piskiem opon odjeżdża. Wróciłem do biura.

Obdukcja, dokonana przed lustrem, dała fatalne wyniki. Rozkwaszony nos i sine, bolesne podbiegnięcia w okolicach żeber. Nieźle mi przyjebał. Należało mi się. Fakt. Ale jak ostatni debil się zakochałem... Sięgnąłem po telefon, chciałem poinformować Paulinę o sytuacji. Jednak ona właśnie dzwoniła do mnie.

– Twój facet mnie odwiedził... – zacząłem rozmowę. Nie chciałem jej nastraszyć.

– Wiem... Przepraszam. Musiałam mu powiedzieć – mówiła cicho.

– Że cię rżnę?! Miałaś go zawiadomić, że odchodzisz! – Zbaraniałem. Nie bardzo docierało do mnie, co mówi.

– Musiałam mu się przyznać. Chyba go kocham. – Płakała w słuchawkę.

– Myślałem, że kochasz mnie. Paulinko, skarbie... – Miałem nadzieję, że się pomyliła, że chciała powiedzieć coś zupełnie innego.

– Przepraszam, jesteś cudowny... ale nie kocham cię. Nie spotkamy się więcej. Wyjeżdżam daleko. Mój facet załatwił mi fajną pracę. Będę mogła się rozwinąć. Nauczyć się czegoś więcej... – To był jakiś chłodny raport, a nie prośba o wybaczenie.

– Paulinko... nie dam sobie rady bez ciebie – żebrałem, kurwa! Żebrałem u tej zimnej, bezwzględnej suki sam nie wiem, o co.

– Poradzisz sobie. Jesteś wspaniałym człowiekiem, na pewno spotkasz kogoś, kto cię pokocha i będzie ciebie wart. – Zakłamana suka szlochała do słuchawki.

– Paulina, wiesz co?

– Tak, kochanie? – Nie wiem, co jej przyszło do głowy, by w tej sytuacji tak się do mnie zwracać.

– Pierdol się! – Rozłączyłem połączenie i jebnąłem telefonem o ścianę. W ułamku sekundy zamienił się w kupę porozbijanych, drobnych kawałków plastiku i elektronicznych układów scalonych. Sięgnąłem do kieszeni po papierosy.

Iza

Zanim się zakochałem w Paulinie, jak już wcześniej wspomniałem, zacząłem traktować laski dość instrumentalnie. Nie było w tym uczuć, ale sporo dobrego jebania i pysznej zabawy. Z korzyścią dla obu układających się, najczęściej w łóżku, stron.

Nie wszystkie z nich dziś pamiętam, myli mi się kolejność tych, co dla mnie rozkładały uda, ale Izy nie mógłbym zapomnieć. Postawna, ruda i długonoga. Wiecznie roześmiana dziewczyna o największych cyckach w naszej szkole średniej. Spotkałem ją kiedyś zupełnie przypadkowo na jakiejś imprezie z okazji lub ku czci, na której z powodów biznesowych musiałem się znaleźć.

Stanęła obok z lampką szampana chwilę wcześniej rozdawanego przez kelnera. Łysy, dystyngowany jegomość pierdolił coś o zasłużonych, bliżej nieznanych mi osobach. Gdy inni klaskali, ja żłopałem łyczkami pysznego, oryginalnego szampana. Chociaż Sowietskoje Igristoje miewało czasem lepszy smak. Iza zachichotała cicho, patrząc, jak się krzywię, słuchając łysego.

– Cicho bądź – powiedziałem i dodatkowo skarciłem ją wzrokiem.

– Ale numer! Nie sądziłam, że cię tu spotkam.

– Ja też – wyszeptałem.

– Chodź, wymknijmy się na chwilę do baru. I tak nikt nie zauważy.

Miała rację. Dopiłem resztkę szampana i odstawiłem lampkę na parapet okna, przy którym stałem. Poszedłem za Izą. Fajny miała tyłek. Obejrzałem go dokładnie.

Usiedliśmy przy barze.

– Kawa może być? Czy coś mocniejszego?

– Zdecydowanie kawa. Można tu palić? – zapytałem barmana.

– Nie można. Przykro mi – odpowiedział stojący za kontuarem

automat w białej koszuli. – Chuja ci przykro – pomyślałem i uśmiechnąłem się do gówniarza.

Siorbaliśmy kawę. Iza opowiadała o tym, gdzie udała się po ogólniaku. O studiach w Gdańsku. I wszystkich tych rzeczach, które mnie w sumie nic nie obchodziły. Nadal miała tak potężne i kształtne cycki jak w maturalnej klasie. Zamyśliłem się.

– A wiesz, że się w tobie kochałam? – Zachichotała niczym gówniara i pogłaskała mnie po przedramieniu.

– Co ty powiesz... czemu dopiero dziś się o tym dowiaduję? – Nie spodziewałem się takiego wyznania. Zrobiło mi się miło.

– Szkoda, że nie wiedziałem – dodałem – bo z pewnością bym to z premedytacją wykorzystał. – Dziś zresztą też – przemknęło mi przez myśl.

– Nigdy nie odważyłam się do ciebie podejść. Nie mieliśmy też wspólnych znajomych – dodała smutno. Ale po sekundzie znów uśmiech wrócił na jej szczupłą buzię.

– Może jakoś to nadrobimy? – Obniżyłem głos, by te słowa wyrażały znacznie więcej.

– Hmm... zabrzmiało to jak propozycja. – Delikatnie przechyliła głowę i przez ułamek sekundy zaczęła się bawić końcówkami rudych włosów. Sygnał był dla mnie aż nadto wyraźny, postanowiłem więc pójść za ciosem.

– Może po prostu wpadniesz do mnie. Zrobię kolację. Jesteśmy dorośli. – Uznałem, że zagram va banque. Najwyżej zaraz oberwę w pysk.

– Hmm... nie wiem, czy to dobry pomysł. – Przez moment udawała, że się zastanawia.

– Chyba że twój mąż ma coś przeciwko temu – próbowałem zażartować.

– Nie ma nic przeciwko. Bo pół roku temu się rozwiodłam. Nie mieliśmy dzieci, więc wszystko odbyło się bezboleśnie. No, prawie bezboleśnie. – Uśmiechnęła się krzywo.

Podałem jej adres i powiedziałem, że czekam o 20:00 z pyszną kolacją. Chwilkę jakby się wahała, a może tylko budowała napięcie. Powiedziała jednak, że przyjedzie. Dochodziła druga po południu. Miałem sześć godzin. Iza wróciła na imprezę, a ja już nie. Pojechałem zrobić zakupy. Największe cycki ze starej budy siedziały w mojej głowie. I lista zakupów. I pozycji, jakie muszę z Izą zaliczyć.

* * *

Kiedy tylko weszła, zaczęliśmy się całować. Żadnego „cześć, napijesz się czegoś?". Ostre lizanie już w korytarzu. Ubrała się bardzo seksownie. Wiedziała, że przyszła na jebanie, więc kolacja zeszła na plan dalszy.

Dobrała się do mojej pały, zanim dotknąłem jej tyłka. Poczułem się, jakbym to ja miał być wydymany, a nie ona. Wszystko działo się mechanicznie, zero uczuć czy celebracji wspomnień przy lampce wina. Chodziło tylko o to, aby jak najszybciej zacząć się jebać. Tego wieczora zaliczyłem ją w każdej pozycji, jaka mi przyszła do głowy. Prewencyjnie strzepałem sobie, zanim się zjawiła, dzięki temu rżnąłem ją przez kilka godzin. Najciekawsze, co z nią zrobiłem, to wyruchanie jej kosmicznie wielkich cyców. Wsuwałem między nie pałkę, a Iza namiętnie ściskała piersi, tak żeby sprawić mi jak najwięcej frajdy. Było nieźle, ale jednak po wszystkim poczułem się rozczarowany. To, co z nią robiłem, było sztuczne. Zastanawiałem się, dlaczego. Może miała zbyt duże cycki? Może dlatego, że nic do niej nie czułem? A może stołowanie się w barach szybkiej obsługi, gdy pod nosem jest niezła restauracja, to niekoniecznie optymalny wybór?

Gdy wyszła, spławiona przeze mnie w niezbyt elegancki sposób, zapaliłem papierosa. Byłem zły i miałem do siebie pretensje. Poczułem się niedobrze. Poszedłem do łazienki i puściłem pawia do klozetu.

Monika, Kamila

Siedziałem ostro wstawiony w jakiejś knajpie. Umówiłem się z bratem. Nie przyszedł. Od pewnego czasu wszyscy mnie unikali. Może za bardzo się kurwiłem? A może tylko za dużo chlałem? Spojrzałem na zegarek. Brat spóźniał się ponad godzinę. No, cóż. Bywa...

Kiwnąłem na kelnerkę. Posłusznie podeszła. Zamówiłem ostatniego drinka.

– Wódka z colą. Ostatnia. I rachunek – powiedziałem niezbyt wyraźnie.

– Się robi, szefie.

Kelnerka pewnie dałaby się wyrwać bez większego problemu. Ale miałem to w dupie.

– Hej! Możemy się przysiąść? – To była dziewczyna, którą skądś znałem, ale nie miałem pojęcia, kim jest. Miała ładne czarne włosy i delikatną twarz. Za nią majaczyła jakaś inna postać, której nie mogłem wyostrzyć.

– Siadajcie – starałem się mówić wyraźnie.

– A kto jest z tobą? Bo nie poznaję – powiedziałem, jakbym pamiętał, jak ta pierwsza ma na imię. Twarz kojarzyłem, ale imienia zupełnie nie.

– Kamila, moja najlepsza kumpela.

– Czego się napijecie?

– Możesz nam postawić to, co sam pijesz – zaszczebiotała ta, której imienia nie mogłem sobie przypomnieć.

Usiadły obok mnie. Były młode i chętne. Między nimi zrobiło mi się przyjemnie ciepło. Oceniłem je błyskawicznie już w momencie, gdy siadały. Zapaliłem papierosa, aby dojść ze sobą trochę do ładu. Obstawiłem, że tej nocy na pewno zaliczę jedną z nich.

Zaprosiłem Monikę – ładniejsza i mniej wyrachowana drobniutka laseczka tak miała na imię – na późną kolację do siebie do domu. Powiedziała jednak, że sama nie przyjdzie. Zaprosiłem więc obie. Nadal byłem mocno wstawiony, ale dawno nic nie waliłem. A Monia była fajną, młodą dupą.

Trzymałem się chyba nieźle, bo laski nie protestowały, gdy siadałem za kółko. Zaparkowałem pod domem, ciesząc się, że tym razem pały olały nocną wachtę. Kamila siedziała obok, prezentując zgrabne, długie nogi i dekolt, za którym chowała obfity biust. Monisia, cichsza i spokojniejsza, całą drogę nie odezwała się ani słowem. Za to Kamila napierdalała bez przerwy, aż rozbolała mnie głowa.

* * *

Włączyłem nastrojową muzykę i lampki, które dawały bardzo mało światła. Podałem dziewczynom naprędce przygotowane drinki, a sam poszedłem przygotować fikuśne przekąski. Na szczęście w lodówce pozostała jeszcze finezyjna sałatka z łososiem. Dołożyłem do tego kromki białego pieczywa, na które położyłem plastry pleśniowego sera. Uznałem, że w tym stanie to maks, co mogę wymodzić.

Dziewczyny siedziały i szeptały sobie coś na ucho, gdy wnosiłem tacę z jedzeniem. Podałem im talerzyki. Natychmiast rzuciły się łapczywie na żarcie. Z głębokich pokładów pamięci przywołałem wstrząsający reportaż o fali głodu w Etiopii. Sam nie miałem ochoty na szamanie. Zapaliłem papierosa, obcinając obie dziewczyny. Niecierpliwie czekałem, aż nasycą głód. Liczyłem na to samo. Może nawet w układzie jeden na dwie? Pyton w gaciach pulsował i też intensywnie rozważał taką konfigurację.

– Pyszna sałatka, sam robiłeś? – Kamila oblizała usmarowane majonezem usta.

– Tak, jestem niezłym kucharzem – skłamałem.

– Naprawdę pyszne. – Kamila była dość mocno wstawiona. Jej koleżanka też, chociaż zdecydowanie mniej. Zyskała w moich oczach.

– Jeszcze drinka? – Widziałem, że dziewczyny mają puste kieliszki.

– Monika, masz ochotę? – zapytałem.

– No, w sumie. Mogę się napić. – Spojrzała na mnie pięknymi oczami.

Za trzy minuty dziewczyny miały pełne szkło. Zrobiłem im mocniejsze drinki, a sobie nalałem samej coli. Nie chciałem tracić kontroli tej nocy. Usiadłem między nimi na kanapie. Miałem ochotę na rypanie.

I to jaką! Nie wiedziałem tylko, jak zacząć, żeby ich nie spłoszyć. Postanowiłem byle co nawijać i poczekać, aż się bardziej wstawią.

Gadałem z nimi, a raczej pierdoliłem straszne farmazony. Kamila była chętna, a Monika jakaś taka... Może nie przestraszona, ale wycofana. Kamili położyłem dłoń na gołym udzie. Nie zaoponowała. W trakcie rozmowy delikatnie masowałem jej gładką skórę. Przesuwałem dłoń powolutku wyżej i wyżej. W pewnym momencie poczułem, że ma gorącą i wilgotną cipkę. Wyraźnie pragnęła już czegoś więcej. Sprawiała również wrażenie, że wstydzi się reakcji koleżanki. Byłem całkowicie pewny, że nie spławię żadnej. Chciałem ich obu. Położyłem więc też dłoń na udzie Moniki. Cofnęła się nieznacznie, ale nie strąciła ręki. Po kilku minutach masowałem jednocześnie uda obu dziewczyn. Atmosfera była coraz subtelniejsza. Wskazówka między moimi nogami wyznaczała dokładnie północ. Wstawiona Kamila nachyliła się i zaczęła się ze mną lizać. Poczułem smak sałatki, wypalonych papierosów i alkoholu. Ale zignorowałem to. Jedną z dłoni już buszowałem w jej mokrych majtkach, w których znalazłem obietnicę realizacji nowych wyuzdanych fantazji. Kiedy palce penetrowały wilgotną dziurkę Kamili, druga ręka masowała jednocześnie krocze Moniki. Miała niestety jeansy, więc nie mogłem się zbytnio popisać. Ale najbardziej podobało mi się, że jest chętna, bo szeroko rozchyliła nogi. Gdy po omacku próbowałem rozpiąć guzik u jej spodni, wiedziałem, że osiągnę pełny sukces. Poczułem bowiem, że dziewczyna chce mi pomóc. Liżąc uwolnione cycki Kamili, kątem oka dostrzegłem, jak jej koleżanka zsuwa spodnie i ściąga stringi. Usiadła z rozkraczonymi nogami tak blisko mnie, jak to było możliwe. Po chwili więc robiłem palcówkę dwóm młodym suczkom. Cudownie jęczały, to była opera na dwa głosy z jednym dyrygentem – wirtuozem. Pierwszy głos strasznie fałszował, epatując alkoholowym tchnieniem wiosny. Ten odtwarzała Kamila. Drugi, subtelniejszy, należał do Moni, która choć cichsza, nie fałszowała i nie cuchnęła alkoholem jak jej przyjaciółka.

– Obciągnij mi, proszę... – szepnąłem w ucho Kamili, przerywając palcówkę krótko przed kulminacją. Wiedziałem z doświadczenia, że laska, która doszła, niekoniecznie musi chcieć odwdzięczyć się tym samym. Dupa była tak rozpalona, że bez wahania pochyliła się i rozpięła mi rozporek. Pomogłem jej zsunąć spodnie i slipy, by po chwili cieszyć się robionym wprawnie i sumiennie lodem.

Kiedy Kamila chlaptała pytonga, odwróciłem się do Moniki. Moje palce znów były w mokrej i ciasnej cipce. Zachwycona i z odrobiną zazdrości patrzyła z podnieceniem, jak jej kumpela mi obciąga. Zacząłem się całować z Moniką, robiąc jej ordynarną palcówkę. Była zadowolona. Stękała i mruczała, kiedy dłońmi atakowałem pochwę i drażniłem łechtaczkę.

– Zdejmij górę – wyjęczałem Monice do ucha. Była podniecona tak samo jak Kamila. Wstała, błyskawicznie zrzuciła z siebie resztę rzeczy, by stanąć przede mną naga i niecierpliwie wyczekująca. Zacząłem całować jej brzuch, palcami penetrowałem cipkę. Chciałem ją polizać, ale przeszkadzała mi Kamila, która bez opamiętania ciągnęła mi pałę. Chwyciłem Kamilę za włosy i przytrzymałem, dając jasny sygnał, że ma przerwać. Zobaczyłem jej półprzytomne, pijane i pytające oczy.

– Zmiana – uświadomiłem jej, kto tu rządzi.

Przyciągnąłem Moniczkę do siebie i pokierowałem na sterczącego kutasa. Dosiadła mnie, wprawnie wprowadzając pytę w mokrą, napaloną, młodą pizdeczkę. Zaczęła mnie powoli ujeżdżać. Siedząc na kanapie, przyciągnąłem bliżej Kamilę. Przez ułamek sekundy widziałem w oczach Kamili zazdrość. Podnieciło mnie to.

– Zaraz zrobimy zmianę – powiedziałem jej na ucho – a teraz pomasuj Moni cycki. Zrobiła to. Monika była zaskoczona, ale nie przerywała jazdy na kutasie i pozwoliła Kamili na zabawę swoimi balonami. Postanowiłem, że nie pozwolę jej dojść, bacznie obserwując reakcje i zachowanie. Gdy przyspieszyła, przytrzymałem jej biodra.

– Teraz Kamila – zakomenderowałem. W oczach Moni zagrały gniewne ogniki, przygryzła lekko usta, ale zeszła z masztu. To była zmiana flag. Jedna została opuszczona, druga właśnie została wciągnięta. Kamila nie mogła się doczekać swojej kolejki. Od razu zaczęła ostro galopować na żwawym, spragnionym rumaku. A ten pędził do wodopoju, by się nasycić. Kiedy to wszystko się działo, byłem pijany. Dosłownie pijany z rozkoszy, bo resztki alkoholu musiały już ze mnie dawno wyparować. Kamila zaczęła niebezpiecznie stękać. Przytrzymałem jej wodze. Prawie zrzuciłem ją z siebie.

– Oprzyjcie się o biurko. Obie. – Moje komendy nie dawały im żadnego pola manewru. Dziewczyny były zresztą tak rozbuchane, że zrobiłyby wszystko, aby zakończyć tę orgię orgazmem, który rozsadzi im pizdeczki.

Stanęły obok siebie. Praktycznie nagie. Z wyjątkiem Kamili, która miała na sobie pończochy. Oparły się o stojące obok solidne biurko.

– Wypnijcie cipki. Teraz będę was jebał na zmianę.

Wypięły się natychmiast, gdy padła komenda. Monika położyła łokcie na blacie i w lekkim rozkroku idealnie wypięła dupę. Kamila podobnie.

Tylko w większym rozkroku, jak wyuzdana kurwa. Zdecydowałem się najpierw na drobniejszą dupcię Moniki. W czasie gdy jebałem ją od tyłu, palce pakowałem w pizdę Kamili. Po chwili obie miarowo jęczały. Po kilkunastu pchnięciach, jakie zaliczyła Monia, zmieniłem klacze. Teraz mój drągal katował bezlitośnie pizdę rozkraczonej Kamili. A Monia musiała zadowalać się palcami mojej prawej dłoni. Cudownie stękały. Byłem napalony, ale wiedziałem, że trójkąt, który trwał w najlepsze od dobrej godziny, potrzebuje małego antraktu.

Kolejna zmiana. Chciałem już wreszcie wystrzelić ze swojej armaty. Jebałem coraz szybciej Monikę, a Kamila masowała sobie łechtaczkę i była niebezpiecznie blisko. Moje dwa wyprostowane palce starały się zastąpić jej kutasa, waląc ją od tyłu niejako w zastępstwie. Usłyszałem, jak Kamila dochodzi, prawie szlochając. Monika miała orgazm pół minuty wcześniej. Wciąż czułem skurcze jej pizdy. Uznałem, że teraz przyszła moja kolej. Wpakowałem cały zapas nasienia, jaki kumulowały jądra, w ciasną dziurkę potulnej Monisi. Ciało przeszyły spazmy. Wyskoczyłem z fiuta, z którego wciąż tryskała sperma, i wpakowałem w pizdę Kamili, racząc jej środek dwoma ostatnimi zastrzykami lepkich, życiodajnych płynów. Wyjąłem go, gdy poczułem, że moje nasieniowody nie wpompują już w żadną cipę ani mililitra. Drut wciąż stał na baczność. Parowało z niego niczym ze starej, węglowej lokomotywy w zimowy poranek na peronie w Bożympolu Wielkim.

– Zajebiste dymanie – pomyślałem w tym momencie i dałem symultanicznego klapsa w parę wciąż wypiętych, skropionych kropelkami spermy, tyłków.

– O, kurwa, gumki! – to była druga myśl, gdy po niebiańskim pieprzeniu doszedłem nieco do siebie. Kutas w dwie sekundy opadł i skulił się w sobie, uznając, że to wszystko co się wydarzyło, nie jest jego winą. Zgodziłem się z nim i po męsku wziąłem odpowiedzialność na siebie.

* * *

Jednoczesne jebanie dwóch panienek nie zdarzało mi się często. Dlatego w myślach wracałem do tej odjechanej nocy. Monika była bardzo fajną dziewczyną, próbowałem nawet kilka razy się z nią umówić sam, bez koleżanki – Kamili. Ale choć nie unikała mnie, to jakoś do randki nie doszło.

Bardzo się ucieszyłem, gdy w słuchawce usłyszałem znajomy głos.

– Hej, możemy się spotkać?

– No pewnie, liczyłem, że w końcu będziesz chciała się umówić. – Naprawdę byłem zadowolony, że znów ją zobaczę.

– Może po prostu wpadnij do mnie? – dodałem. – Wiesz, gdzie mieszkam. Zrobię pyszną przekąskę.

– Dobrze. Najpierw pójdę do lekarza, a potem przyjdę do ciebie. Mogę być około siedemnastej?

– Umówmy się na piętnaście po… wcześniej nie uda mi się wrócić do domu.

– Nie ma sprawy, do zobaczenia.

Ten telefon wywołał we mnie jakiś niepokój. Szybko przestałem jednak o tym myśleć i zająłem się bieżącymi sprawami własnej firmy.

* * *

Podjechałem pod dom. Przed drzwiami stała zziębnięta Monika. Padał deszcz i wiał chłodny wiatr. Wyskoczyłem z samochodu. Zrobiło mi się przeraźliwie smutno. Spojrzałem na zegarek – wpół do szóstej. Czas zawsze był dla mnie pojęciem względnym.

– Przepraszam, Moniko. – Cholernie się zawstydziłem.

– Nie szkodzi… mogę wejść? – Była smutna.

Poczułem się niepewnie. Zastanawiałem się, co jest grane. Przeganiałem jedną, coraz bardziej natrętną myśl.

* * *

– Napijesz się kawy, herbaty? Może czegoś mocniejszego? – Byłem zdenerwowany, kiedy Monia przycupnęła na kanapie, na której jakieś dwa miesiące wcześniej mnie ujeżdżała.

– Nie, nie… ja tylko na chwilę – powiedziała.

Zaczęły mi się pocić ręce.

– Myślałem, że moglibyśmy się spotykać… od czasu do czasu – powiedziałem szczerze, usiłując wyrzucić z głowy narastającą obawę.

– Podobasz mi się. Możemy… ale jest coś, co chcę ci powiedzieć – odpowiedziała.

Usiadłem naprzeciwko i bezwiednie sięgnąłem po papierosy. Byłem już prawie pewny. – Monika, czy ty jesteś…

– W ciąży… tak, dziś odebrałam wynik od lekarza. To ósmy tydzień. Nie wiem, co mam robić. – Rozpłakała się. Zrobiło mi się jej cholernie żal. Nie chciałem dziewczynie marnować przyszłości. Była zbyt fajna.

– Są dwie możliwości. Przede wszystkim przestań płakać. Wszystko będzie dobrze. – Starałem się uspokoić jej szloch. Usiadłem obok i położyłem dłoń na ramieniu.

– Jedna opcja to usunięcie. Nie jestem obrońcą życia poczętego, ale decyzja należy do ciebie. Nie wiem, jakie masz plany życiowe – powiedziałem, a Monika znowu zaczęła płakać. – Druga to taka – ciągnąłem – że zamieszkasz u mnie i urodzisz dziecko. Chyba że nie rozważasz tej możliwości. Niekoniecznie taki związek musi oznaczać miłość, ale przecież może być udany. Zdecyduj... – Chciałem być odpowiedzialny w zaistniałej sytuacji. Chciałem też być dobrym człowiekiem, choć to, kurwa, takie trudne.

Monika nadal chlipała. Pogładziłem ją po głowie i mocno przytuliłem.

– Nie martw się, wszystko będzie dobrze – powtórzyłem jak mantrę, a Monia oparła mi głowę na ramieniu. Odgarnąłem jej włosy i delikatnie zacząłem całować po policzku. Odwzajemniła pocałunki. Przestała płakać. Miała piękne oczy, w których dostrzegłem uczucie. Po chwili kochaliśmy się na tej samej kanapie, na której rżnęła się ze mną niedawno z koleżanką. Tym razem uprawialiśmy miłość. Długo i delikatnie. Nie musiałem już martwić się o zabezpieczenie. Spuściłem się w środku jej ciaśniutkiej muszelki, tuląc dziewczynę do siebie.

– Kocham cię... – usłyszałem na końcu, kiedy jeszcze wciąż leżałem na niej. Trzymała w dłoniach moją twarz, obsypując ją pocałunkami.

Pierwszy raz od kilku lat poczułem się szczęśliwy. Choć okoliczności były dziwaczne, cieszyłem się tą chwilą. W życiu piękne są tylko chwile. Rysiek Riedel miał rację.

Dzień pierwszy

Po dwunastu długich latach nadszedł w końcu ten pierwszy dzień. Przygotowywałem się do niego bardzo długo. Sam przed sobą w końcu przyznałem się, że mój plan jest obsesją, której nie mogę w żaden sposób wymazać z pamięci. Musiałem go zrealizować. To było silniejsze ode mnie. Bałem się, ale ostatnie dwa lata poświęciłem wyłącznie jego realizacji. Chciałem zacząć nowe życie, ale było kilka kurew, które pojawiły się kiedyś w przeszłości i ciachnęły mnie jebanym, zardzewiałym nożem. Rany, które zadały, do dziś się jątrzyły i zatruwały ciało, a w zasadzie umysł. To było jak zaraza, której musiałem się pozbyć. Jeśli miałem rozpocząć wszystko od początku. A niczego bardziej nie pragnąłem. Nie chciałem już uczuć, miłości. Tylko nowego, czystego rozdziału w życiorysie.

* * *

– Siemka. Dawno cię nie widziałem, co u ciebie? – Dzwonił kumpel Piotr.

– W chuj projektów, nie wiem, w co włożyć ręce. Często wyjeżdżam – kłamałem. Nie chciałem się z nim spotykać. Co innego mnie pochłaniało.

– Jesteś na miejscu, w mieście? – dopytywał się natarczywie.

– Chwilowo tak, a dlaczego pytasz?

– Bo Kasia się pojawiła, a wspominałeś, że jebnęła ci kasę z konta, więc daję znać. Może jakoś odzyskasz?

– Już wiedziałem, dlaczego dzwonił. Miał wyrzuty sumienia, ponieważ swego czasu to on mi ją polecił.

– O... wiesz może, gdzie się zatrzymała? – Udawałem średnio zainteresowanego.

– Jest u siostry. Jeśli chcesz, podjedziemy tam obaj, żeby z nią ostrzej pogadać. Wiem, że zarobiła trochę w Anglii. Niektórzy mówią, że się kurwiła. – Piotr zawsze był lojalny. Chciał mi pomóc.

– Nie. Chuj jej w dupę i kamieni kupę. Niech ta kasa, co mi ją wyłuskała z konta, wyjdzie jej bokiem. Nie mam czasu na pierdoły. – Starałem się pokazać, że mi to wisi.

– No dobra, jak chcesz. Gdybyś zmienił zdanie, to daj znać. Trzym się, brachu. – Rozłączył się, gdy tylko się pożegnałem. Uśmiechnąłem się do siebie i zapaliłem papierosa.

* * *

Wiedziałem, gdzie mieszka jej siostra. Podjechałem tam samochodem. Auto postawiłem dwa domy dalej. W pobliżu była kawiarnia. Dokładnie po drugiej stronie ulicy. Poszedłem tam i zamówiłem podwójne espresso. Usiadłem na zewnątrz. Była wiosna i mogłem tu zapalić. Bo znowu paliłem.

Nie liczyłem, że dziś zobaczę Kasię. Ale brałem to pod uwagę. Uznałem, że nie przyjechała na długo. Piotr też miał co do niej zastrzeżenia finansowe. I pewnie nie byliśmy jedyni, więc na jej miejscu nie siedziałbym zbyt długo w rodzinnym mieście. A to oznaczało, że skoro przyjechała w odwiedziny do Polski, gdzie kilka osób mogło jej szukać, cokolwiek miała do załatwienia, musi to zrobić w pośpiechu.

Gdy tak sobie dywagowałem, paląc drugiego papierosa, niespodziewanie ją zobaczyłem. Szybko szła w kierunku furtki, rozglądając się na boki. Minęła bramę i skręciła w lewo. Nawet śpiesząc się, miała do pokonania jakieś trzysta pięćdziesiąt metrów, co dawało mi trzy–cztery minuty. Dopiłem kawę, zgasiłem papierosa, a pod filiżankę położyłem banknot pięćdziesięciozłotowy. Wsiadłem do auta i ostro ruszyłem. Wyprzedziłem ją o czterdzieści metrów, zatrzymałem samochód w stylu angielskim i opuściłem szybę.

– Wsiadaj, podwiozę cię – rzuciłem, gdy tylko zrównała się ze mną. Stanęła jak wryta.

– Chyba że mam ci narobić wstydu tu, na ulicy.

Nie była przekonana, ale podeszła do auta od strony pasażera. Otworzyłem drzwi. Wsiadła. Uruchomiłem silnik i zmieniłem pas na prawidłowy. Jechaliśmy przez chwilę w milczeniu. W końcu odezwała się pierwsza.

– Wynagrodzę ci to. Przepraszam. Potrzebowałam tych pieniędzy.

– Zaczęła chlipać, ale miałem to w dupie. Takie zagrywki już na mnie od dawna nie działały.

– Podjedziemy do mojego biura. Musimy ustalić, jak rozwiążemy ten problem. – Z tonu głosu wywnioskowała, że nie ma wyjścia.

– Dobrze, w porządku – dodała cicho.

* * *

Usiadła w fotelu naprzeciwko.

– Zaparzyć ci kawę? – zapytałem spokojnie, choć w środku mnie wrzał kocioł smoły, którym gotowy byłem ją obrzygać.

– Nie, ale chciałabym zapalić. – Nie patrzyła mi w oczy.

– OK, pal. Też zapalę.

Przez chwilę jaraliśmy w milczeniu. Układając sobie scenariusz najbliższych minut, bacznie ją obserwowałem. Zerkała na mnie ukradkiem, zapewne zastanawiała się, co będzie dalej.

– Jak chcesz się zrewanżować? – spytałem chłodno.

– Nie wiem... zaproponuj coś. – Nie podnosiła głowy.

– Obciągnij mi – rzuciłem sucho.

– Słucham? – Podniosła powoli głowę.

– Chodź tutaj i zrób mi laskę. – Byłem ciekawy, czy zaoponuje.

Wstała i podeszła bliżej. Zgasiła papierosa w mojej popielniczce. Klęknęła. Powoli zaczęła rozpinać rozporek. Nie podnosiła wzroku. Wyjęła moją dzidę i włożyła sobie głęboko w usta. Był już twardy. Robiła coś, co chyba jej najlepiej wychodziło w życiu. Chwyciłem ją za włosy i sprawiłem, że obciąganie stało się bardziej ordynarne i kurewskie. Nie protestowała. Byłem wyposzczony. Wiedziałem, że nie potrwa to długo.

– Masz wszystko połknąć – rzuciłem polecenie.

– Uhym – potwierdziła, że nie będzie z tym problemu, ssąc go z coraz większym zapamiętaniem. Odniosłem wrażenie, że chce możliwie najszybciej zakończyć ten upokarzający spektakl. Nadal trzymałem ją za włosy. Gdy tryskałem, przycisnąłem ją tak, że zadławiła się spermą. Chciałem ją upokorzyć. Po tym jak złałem jej usta nasieniem, czułem satysfakcję, że ta, która kiedyś tak bardzo mnie zauroczyła, została potraktowana, jak na to zasłużyła. Jak zwykła zdzira.

– Wstań, zrobię nam kawę i ustalimy harmonogram spłat – rozkazałem krótko. Kiwnęła głową. Do jednej z filiżanek wsypałem odrobinę białego proszku.

* * *

Wieczorem czekałem na Monikę. Miała przyjechać, by omówić koszty utrzymania naszego dziecka, co należało czytać jako podwyższenie alimentów. Córka miała już pięć lat, nie widywałem się z nią często. Z romantycznego związku nic nie wyszło. Monika szybko się zakochiwała. Miłość do mnie przeszła jej już po kilku miesiącach od narodzin dziecka. Ja przynajmniej próbowałem. Nawet na swój sposób ją pokochałem. No, ale nie wyszło. Obwiniałem ją o to, bo kiedy byliśmy razem, byłem jej wierny jak sznaucer.

Wpadła niczym przeciąg. Nawet nie zapukała do drzwi. Nie pozostało w niej nic z dawnej, nieporadnej, bojaźliwej dziewczyny.

– To jak? Dołożysz tysiąc złotych do alimentów? Czy mam składać papiery do sądu przez adwokata? – Nawet się, kurwa, ze mną nie przywitała.

– Wyluzuj, pójdę ci na rękę. Chcesz coś do picia? – Starałem się zachować spokój.

– Jeśli masz coś zimnego, to poproszę. – Sokiem, który nalałem, chętnie chlustnąłbym jej w twarz za to, że podeptała wszystko, co kiedyś próbowałem jej dać.

Podałem Monice szklankę z napojem – łapczywie wypiła wszystko. Łącznie z mikroskopijnymi białymi grudkami środka, którego tam dosypałem. Uśmiechnąłem się do siebie.

* * *

Nikt poza staruszkiem sprzedającym mi budynek, który przeznaczyłem na biuro, nie wiedział, że został on zbudowany na solidnych fundamentach. Fundament stanowił poniemiecki przeciwlotniczy bunkier w pełni funkcjonalny do końca lat sześćdziesiątych. Staruszek powiedział mi o tym, dopiero gdy podpisaliśmy umowę notarialną i kiedy już otrzymał umówioną kwotę na konto. Może bał się, że nie kupię takiego budynku? Chuj wie. Nigdy nie zdradził, dlaczego tak się z tym krył. Dwupoziomowy, dodatkowy metraż pod budynkiem biura wcale mi nie przeszkadzał. Bunkier nadal był w dobrym stanie, posiadał działający system wentylacyjny, zbiorniki na wodę, magazynki na amunicję i racje żywnościowe, własny agregat prądotwórczy i osiem dwuosobowych pomieszczeń z aneksem socjalnym. Czasem schodziłem tam podumać. Widać było, że poprzedni właściciel dbał o pomieszczenia, konserwując i malując regularnie ich metalowe elementy. Niespełna rok po sprzedaży facet zmarł. Zapewniał, że nikt poza nim o bunkrze nie wie. A zatem do owego pierwszego dnia byłem jedynym, który znał jego tajemnicę. Sam też o tym nigdy nikomu nie powiedziałem. Do teraz.

Przez ostatnie dwa lata wyposażyłem pomieszczenia w dodatkowe elektroniczne zamki, które można było zamykać i otwierać zdalnie z aplikacji zainstalowanej w moim telefonie. Zamontowałem też kamery podłączone do wydzielonej sieci VPN, mikrofony, głośniki oraz kilka innych elektronicznych gadżetów. Miałem plan, który maniakalnie realizowałem. Ten plan stał się moją nerwicą natręctw. Gdy ukończyłem realizację projektu, oszczędności stopniały mi o połowę. Jednak podnosiło mnie na duchu to, że już niedługo rozpocznę nowe życie. Wreszcie poczuję się spełniony i będę kimś zupełnie innym. O wiele lepszym. Wszystkie wydatki traktowałem jako dobrą inwestycję w samego siebie. Spotkania i kontakty ze znajomymi ograniczyłem do minimum. Często chodziłem na kurwy. To mnie bardzo uspokajało. Było korzystniejszym układem niż ja i jakaś kochanka. Wychodziło zwyczajnie taniej.

Zadowolony uśmiechnąłem się, zaciągając się dymem białego Marlboro. Dwie najdroższe w moim życiu kobiety zajęły już przygotowane specjalnie dla nich lokale. To był pierwszy dzień na nowej drodze życia.

Dzień drugi

Obudziłem się rano. Uśmiechnięty, ale też nieco nerwowy. Dziś miała przylecieć do mnie Magda. Fakt, od dawna nie byliśmy parą. Tak naprawdę chyba nigdy nie tworzyliśmy związku, ale spotykaliśmy się od czasu do czasu. Mawiała, że nikt jej nie pierdolił tak jak ja. Ponoć uzależniła się od mojego kutasa. Miałem jej za złe, że po powrocie z Bangkoku zaczęła sypiać z kim popadnie. Dziewczyna miała lekkie podejście do seksu, a ja widocznie byłem zbyt staroświecki. Co nie przeszkadzało mi wszakże ruchać jej od czasu do czasu. Coś do niej czułem na swój sposób, ale nie byłem w stanie w niej się zakochać, od kiedy dowiedziałem się, że tydzień po naszym powrocie z Azji posuwało ją jednocześnie dwóch kolesiów z wydziału, na którym studiowała. Wówczas skutecznie mnie do siebie obrzydziła.

Ale instynkt zwyciężał, gdy tylko mój koń wyczuwał jej mokrą, młodą cipkę. Wtedy przekornie stawał dęba i prowadził mnie na przełaj, aby tylko zerżnąć młodą klacz. Nienawidziłem się za to. I wciąż bolało mnie, że Monika nigdy nie potrafiła mi być wierna. Bolało jak cholera.

* * *

– Podjedziesz o osiemnastej na lotnisko? – Telefon wyrwał mnie z rozważań o dwóch zdzirach garujących dwa piętra niżej.

– Dobrze, będę. Ubierz się jak młoda kurewka. Mam ochotę na dobre jebanie – powiedziałem chłodno, niczym makler oceniający archiwalne dane zniżkujących trendów na walutach EUR/USD, na których kiedyś zarobił na waciki.

– A ty myślisz, że po co jadę do ciebie? Pokochać się? – zarżała. Postanowiłem, że kiedy już wieczorem będzie leżała pode mną, dam jej w mordę.

– Dobra, to do zobaczenia. – Zaśmiałem się i rozłączyłem.

* * *

Jechaliśmy samochodem. Rzeczywiście ubrana była jak kurewka. Mój boa dusiciel zgadzał się z tą opinią. Gadaliśmy o pierdołach, ale nie za długo. Kątem oka zauważyłem, że ściąga majtki. Miała krótką spódniczkę, więc nie było z tym większego problemu. Wzięła moją dłoń i położyła na cipce.

– Zrób mi to jak w samolocie. Pamiętasz? Tak chce mi się jebać.

– Jej wagina była wiecznie nienasycona. Fakt. Ale teraz z niej dosłownie kapało.

Zabrałem dłoń. Zmieniłem bieg na niższy. Po chwili moje palce wróciły i bezbłędnie namacały łechtaczkę. Bawiłem się nią. A z jej piczy ciekło. Syczała głośno jak tylna przebita opona ciągnika Ursus, który pamiętałem z dzieciństwa i wakacji na wsi u wuja. Jak ta młoda suka była napalona! W myślach karciłem się, że to przecież ja zrobiłem z niej taką nienasyconą bladź. Wytresowałem ją pod swojego kutasa i własne chore fantazje. Może to, kim była teraz, sam zdeterminowałem? Przed oczami stanął mi brodaty Arystoteles i pogroził palcem. Dawno nie miałem tych zjebanych przebłysków podświadomości. Przestałem macać pizdę. Sięgnąłem po fajki i zapaliłem.

– Eeej... – Magda była niepocieszona. A nawet lekko wkurwiona.

– Wytrzymaj kwadrans. Wyrucham cię tak, że zapomnisz, jak się nazywasz. Jesteśmy już blisko. – Nie zaprotestowała. Ale za to samodzielnie masowała cipkę. Nie przeszkadzałem jej, wsłuchując się w miarowe westchnięcia.

* * *

Wyposażona w skórzane akcesoria, które przywiozła ze sobą, siedziała na dużym drewnianym krześle w części mieszkalnej mojego biura. Miała zawiązane oczy i ręce spętane z tyłu za oparciem. Nogi szeroko rozkraczone, odpowiednio unieruchomione w okolicach kostek, przymocowane do nóg krzesła. Wszystko zgodnie z jej chorymi pragnieniami, które akurat dziś podwójnie mi pasowały.

– Uderz mnie, ty skurwielu – jęczała podniecona do granic wytrzymałości.

– Nie zasłużyłaś na to – odpowiedziałem jakoś mało przekonany.

– Błagam, zrobię wszystko. Pierdolnij mnie w twarz.

Dostała strzałę z płaskiej otwartej dłoni. Mocno. Zajęczała podniecona. – Jeszcze, błagam! Dam ci dupy jak ostatnia kurwa. Ale jeszcze raz, błagam. – Jebnąłem ją drugi raz na odlew. Dostała mocniej, aż coś chrupnęło jej w karku.

– Ja pierdolę, zabiłem szmatę – przeleciało mi przez myśl, a przed oczami zamrugały błękitne koguty furgonetek stróżów prawa. Wzdrygnąłem się. Ona też, a po sekundzie potrząsnęła tylko łbem niczym źrebak, którego dopadły gzy, i wyła dalej nieziemsko podniecona.

– Wsadź mi kutasa, teraz! Wsadź mi jak w Bangkoku. Traktuj jak tamte dziwki, błagam. – Szlochała podniecona, a na krześle, w okolicach jej krocza, rosła w oczach wilgotna plama. Upewniłem się, że nie sika z radości jak szczeniak i chwyciłem ją za włosy.

– Ssij go, suko. – Podałem w otwarte i chętne usta swojego słodkiego, wyhodowanego w Polsce banana.

Ssała go aż miło. Gdybym miał ją na stanie w firmie, nie potrzebowałbym przemysłowego odkurzacza. Morda sama mi się roześmiała. Opanowałem się i patrzyłem, jak Magda z zawiązanymi oczami napierdala człona. Dobrze było. Przygryzłem wargi. Ręką penetrowała jej wilgotne krocze, rozchylałem palcami wargi, zaglądałem do środka. Byłem teraz niespełnionym ginekologiem, którego wyrzucono z uczelni na ostatnim roku studiów, kiedy odkryto jego chore waginalne fascynacje. Tak się poczułem, gdy zgłębiałem wnętrze jej szpary. Byłem niesamowicie podniecony. Czułem, że muszę dziwkę wypierdolić. Tak jakbym był szefem korporacji, która właśnie redukuje połowę czterotysięcznej załogi. Będzie tak samo spektakularnie i bezlitośnie.

Wziąłem w dłoń swojego okazałego drąga, który teraz był archetypem skurwiałego szefa korporacji. Klęknąłem przed młodą i załadowałem bezdusznego prezesa w jej mokrą pizdę, aż poczułem opór jelit, a może żeber. Szmata zawyła. Myślałem, że z bólu. Ale to nie był ból.

– Ja pierdolę, ale maaaam szczyt! Dalej, męska kurwo, dalej! – Jezusie z Nazaretu, ależ ona się wydzierała. W prawym uchu aż mi dzwoniło. Miałem uzasadnione obawy, że skończy się to trwałym uszczerbkiem na moim zdrowiu. Ale dzielnie jechałem ją dalej. Mało subtelnie i w tempie bezrobotnego drwala, który w przedświątecznym sezonie piłuje na akord bożonarodzeniowe choinki na cudzej plantacji.

Patrzyłem, jak kutas katuje jej cipę, wciąż gładką i pachnącą. Uwolniłem Magdzie jedną rękę. Ruchałem ją dalej, ale czułem, że nadchodzi moja kolej. Zbliżała się niczym ksiądz z opłatkiem w trakcie komunii. Z olbrzymią precyzją byłem w stanie określić, kiedy zacznę tryskać nasieniem. Przed oczami zobaczyłem olejny obraz malarza, którego nazwiska nie pamiętałem, prezentujący siewcę sypiącego z garści ziarno na żyzną glebę. Moja gleba to cipa Magdy. Wysunąłem kutasa i podałem go jej. Wiedziała, co robić. Opaskę z oczu zdjąłem jej chwilę wcześniej. Patrzyła na strugi spermy zlewające pulsującą pizdeczkę. Ta gleba, niestety, nie była żyzna, ponieważ Magda brała pigułki. Uśmiechnąłem się błogo. Dobra była suka.

* * *

Po zajebistym dymaniu nie miałem już o czym z nią gadać. Byliśmy metafizycznie złączeni tylko wtedy, gdy mój kutas przepychał jej przewody kominowe, bo hamulcowe dawno miała pozrywane. Nie miała żadnych hamulców. Już mi to nie przeszkadzało. Nie była dla mnie niczym więcej jak tylko jebadełkiem. Na własne życzenie. Choć czułem żal, bo wiedziałem, że mogłem ją kiedyś pokochać. Gdyby nie ten jej wieczny apetyt na seks. Z kim popadnie. I kiedy bądź.

Patrzyłem na nią, gdy uśpiona leżała obok mnie na łóżku. Miała klasyczną, rzymską urodę. Długie nogi, zajebiste cycki i wciąż ładną, nie rozjechaną pizdeczkę. Mimo ciągłych starań, by było inaczej. Spała bardzo mocno. Była trzecią, której zaordynowałem w drinku przygotowany wcześniej środek. Uśmiechnąłem się. Zbliżał się finał.

Do pełni szczęścia brakowało jeszcze jednej – Pauliny. Jednak z Pauliną ktoś inny się rozprawił ponad rok temu. To była zła karma. Zginęła w wypadku samochodowym pewnego słonecznego, letniego popołudnia. Nie cierpiała. Z tego co się dowiedziałem, zmarła na miejscu. Zapaliłem papierosa. Zrobiło mi się smutno. Wcale nie dlatego, że nie miałem z tym nic wspólnego.

Dzień trzeci

Dorota kiedyś wiele dla mnie znaczyła. Była moją pierwszą kobietą. Gdy usłyszałem opowieści o niej, po tym jak fizycznie ją skonsumowałem, zrobiło mi się niedobrze. Rżnęła się jak wściekła norka. Po naszym rozstaniu w Dorocie szybko dojrzała artystyczna dusza, czego wyrazem był seks z innymi artystami lub nadzianymi kolesiami. Nie była wybredna. Gdybym znał te obrzydliwe szczegóły, zanim przypadkowo spotkałem się z nią po latach, odpuściłbym sobie i z pewnością bym jej nie posuwał. No, ale stało się inaczej. Czasem lepiej nie wiedzieć wszystkiego.

Wciąż żałowałem, że nie mogę już dopaść Pauliny, że coś innego się nią zajęło przede mną. Zły los. Tym bardziej pragnąłem dorwać Dorotę. Trzeci dzień. Czwarta kobieta, może nie najważniejsza dla mnie, ale równie kluczowa jak trzy pozostałe. Trzy razy cztery dwanaście. Dwanaście lat. To elementy układanki, która po złożeniu da mi wreszcie spokojny sen. Byłem tego pewien. Wtedy rozpocznę wszystko od nowa. Tak naprawdę nienawidziłem liczb. Nigdy nic dla mnie nie wyrażały, ale bezwzględnie prześladowały. Zdarzały mi się sny, a właściwie koszmary, w których ktoś prezentował mi liczby. To był obłęd towarzyszący mi, odkąd pamiętam. Najczęściej zwracałem uwagę na godzinę 22:22. Od czasu do czasu wysyłałem kupony lotto. Zawsze skreślałem to samo: 10, 11, 17, 19, 44, 49. Nie dlatego, że uznałem te liczby za szczęśliwe, ale dlatego, że mnie prześladowały. Wwiercały mi się w mózg, jak głodny kornik w młodą dębinę. Nie zrobiło na mnie żadnego wrażenia, gdy pewnego marcowego dnia odebrałem wygraną – kilka tysięcy złotych za trafioną w lotto piątkę. Byłem wręcz zły. Nigdy nie rozumiałem liczb, bałem się ich. Bardzo. Również tego, że decydowały o niektórych moich poczynaniach. Za mnie.

Teraz była godzina 10:10. Nie zostało zbyt dużo czasu. Sięgnąłem po telefon. Wybrałem numer do Doroty.

* * *

Często odwiedzała swoich rodziców. Wiedziałem, kiedy przyjeżdża do rodzinnego miasta, jak długo tu zostaje, gdzie bywa. Wiedziałem też, że umówi się ze mną, jeśli się odezwę. Dobrze ją wydymałem wtedy w studio. Byłem pewny, że nie odpuści sobie dubla.

Pod biuro podjechała taksówka. Najpierw zobaczyłem rude, kręcone włosy, potem długie, zgrabne nogi. Cały komplet odziany w czarny, obcisły płaszczyk podchodził do moich drzwi. Paliłem papierosa. Denerwowałem się. Wszystko szło tak gładko. Zbyt gładko. Niepokoiło mnie to.

– Cześć, przystojniaku. Czemu zadzwoniłeś? – Dorota lekko przechyliła głowę i spojrzała na mnie, mrużąc oczy.

– Stęskniłem się, a ty nie?

– Może trochę. Czego się napijesz?

Podała mi płaszcz, który odwiesiłem na stojak sterczący w rogu. Nie tylko stojak sterczał. Mimo moich planów, miałem na nią ochotę.

– Może zrobisz jakiegoś drina? Co masz?

– Wóda, dżin, tequila…

– Jeśli masz cytrynę i sól, to chętnie napiję się tequili. Dawno tego nie sączyłam.

– Rozgość się, przygotuję wszystko. – Miałem chaotyczne myśli.

Ona będzie czwarta. Niedługo dołączy do koleżanek, które czekały już w swoich apartamentach. Rano obserwowałem w kamerach, jak nerwowo chodzą w kółko. Zrezygnowane próbują zadzwonić z pozbawionych zasięgu komórek albo chlipią, siedząc na pryczach. W każdym pomieszczeniu znajdowała się lodówka z jedzeniem i piciem. Nie były głodne ani spragnione. Brakowało im tylko wolności, którą im odebrałem. Ale trzymały się nad wyraz dobrze, zważywszy na okoliczności.

Podałem jej tequilę, w drugiej ręce trzymałem talerzyk z kawałkami cytryny i solniczką. Wzięła moją dłoń, zacisnęła w pięść, a potem w miejsce między kciukiem a palcem wskazującym nasypała soli. Wychyliła kieliszek, zlizała sól z mojej ręki i zagryzła cytryną, krzywiąc się niemiłosiernie.

– Nigdy nie pamiętam, czy to właściwa kolejność. Teraz ty zrób to samo, ale sól zliż z innego miejsca. – Usiadła, ścisnęła piersi ramionami i kazała sobie nasypać szczyptę w zagłębienie między cyckami. Wziąłem kieliszek i cytrynę, wychyliłem zawartość i zlizałem tylko odrobinę soli, bo przecież była przeze mnie wzbogacona o specjalny biały proszek. Zagryzłem cytryną. Mimo wszystko trochę środka nasennego zeżarłem.

Miałem najwyżej pół godziny. Jeśli zadziała. Trochę spanikowałem. Poza tym chciałem Dorotę jeszcze przelecieć. Zamknąłem drzwi wejściowe i wziąłem ją za rękę.

– Chodź, nie chcę czekać...

– Dobry pomysł. – Miała błyszczące oczy.

* * *

Waliłem ją jakieś trzydzieści sześć minut. Zaliczyła już jeden strzał spermy na biust. Teraz ruchałem dziwkę dalej, a ona leżała przede mną z szeroko rozłożonymi nogami. Była w czarnej koronkowej bieliźnie i w szpilkach. Nie chciało mi się spać. Miałem szczęście, że nie zapodałem sobie zbyt dużej ilości środków nasennych. Czułem się błogo, a posuwanie było powolne, systematyczne, dogłębne, precyzyjne i zwyczajnie dobre. Przecież posuwającym byłem ja. Gdy strzelałem w cipkę cienką strugą ejakulatu, spostrzegłem, że Dorota śpi. Przez sekundę poczułem się, jakbym posuwał denatkę. Wzdrygnąłem się. Na szczęście była ciepła. To mnie uspokoiło, więc pobawiłem się jeszcze umorusaną spermą piczką. Potem lekko strzeliłem Dorotę dłonią w twarz. Spała dalej. Przystąpiłem więc do realizacji jednego z ostatnich punktów planu. Było późne popołudnie – osiemnaście po szóstej. Nie podobały mi się te liczby. Wolałem dwunastki.

Dzień czwarty

Cedziłem kawę przez zaciśnięte zęby i paliłem kolejnego papierosa. Oglądałem obraz z kamer zainstalowanych w celach dwa poziomy niżej. Dwie suki spały. Trzecia bujała się jak dziecko z chorobą sierocą. Dorota paliła papierosa i rozglądała się po swoim lokum.

– A jeśli to nie ma sensu? Może to się nie uda? A może bez tego wszystkiego odzyskam spokój i zacznę nowy etap życia? – Miałem w głowie mętlik. Paliłem dalej. Wiedziałem, że nie ma odwrotu. Nawet gdybym chciał zmienić zdanie. Teraz było już na to zdecydowanie za późno.

Na stole leżały cztery koperty. Do każdej włożyłem identyczny, przygotowany wcześniej, list. Wziąłem do ręki komplet kopert i zszedłem na dół.

* * *

Zatrzymałem się przed pierwszymi stalowymi drzwiami. Spojrzałem na zegarek. Była 12:10. Zapaliłem papierosa. Usłyszałem szmer, a zaraz potem łomot do drzwi.

– Wypuść mnie, ty chory sukinsynu – dobiegł stłumiony krzyk z drugiej strony. To była Magda. Zapaliłem papierosa. Spojrzałem na zegarek. 12:11. Zaciągnąłem się i patrzyłem na wskazówki. Zostało czterdzieści sekund. Gdy wybiła 12:12, wsunąłem pierwszą kopertę w wąską szczelinę pod drzwiami. Przeszedłem parę kroków. Wsunąłem kolejną kopertę do następnej celi. Potem trzecią, czwartą. Znów zaciągnąłem się papierosem. Wydmuchnąłem dym w górę, w stronę niskiego sklepienia korytarza zdobionego w zbrojone klosze lamp. Poszedłem w kierunku schodów. Czas wrócić na górę.

* * *

Siedziałem przed komputerem, który transmitował obraz z kamer umieszczonych w pomieszczeniach pod biurem. Paliłem kolejnego papierosa. Z popielniczki wysypywały się niedopałki. Obserwowałem uwięzione dziewczyny.

Zachowywały się nad wyraz spokojnie. Trzy czytały listy, jakie dostały ode mnie. Jedna trzymała kopertę w ręku. Magda.

– No otwórz, cholera, czytaj i do roboty – powiedziałem do siebie cicho. Mój głos brzmiał dziwnie. Kliknąłem myszką i powiększyłem obraz. Obserwowałem uważnie jej twarz. Czoło miała zmarszczone. Intensywnie nad czymś myślała. Jednak ciekawość lub bezsilność zwyciężyła. Wyjęła list z koperty i zaczęła czytać. Odetchnąłem z ulgą. Chciałem doprowadzić do końca to, co zacząłem. Pragnąłem też diametralnie zmienić swoje życie. Bez tego, co działo się teraz, było to niemożliwe. Nie dla mnie.

Co zawierały listy? Co czytały dziewczyny? Każdy by chciał wiedzieć, prawda? Słyszę te posapywania, lecące pod moim nosem kurwy i chuje. Dobra, przekonaliście mnie. Nie jestem aż takim sadystą. Chociaż z drugiej strony...

Dajcie się nacieszyć tym momentem. Muszę teraz się wytrzepać albo zapalić. Koniec. Nie będę przedłużał. Każda z dziewczyn czytała właśnie list o identycznej treści, która brzmiała, jak następuje:

Spotkaliśmy się kiedyś. Coś dla mnie znaczyłaś. Sądziłem, że zostaniesz tą jedyną, dla której będę zdolny zmieniać świat. Chciałem Cię pokochać i oddać wszystko, co miałem. Nawet życie, gdyby zaszła taka potrzeba.

Ty jednak uznałaś inaczej. Potrzebowałaś tylko mojego kutasa lub moich pieniędzy (niewłaściwe skreślić). To, że się tu znalazłaś, nie jest przypadkiem. Za czterdzieści osiem godzin, licząc od 12:12, wszystko się skończy. Położenie, w jakim jesteś, nie powinno pozostawiać żadnych wątpliwości – to nie żart. Mam do Ciebie nieopisany żal, że kiedyś tak obrzydliwie mnie potraktowałaś. Ale jestem Ci gotów wybaczyć, zapomnieć i na zawsze zniknąć z Twojego życia. Pod jednym warunkiem. Masz dwanaście godzin, by napisać podanie o maksymalnej objętości dwóch stron A4, z uzasadnieniem, dlaczego powinienem to zrobić. Chcę też w niniejszym podaniu uzyskać informację, jak wyobrażasz sobie dalsze życie. Po dwunastu godzinach odbiorę to co napiszesz i zdecyduję, czy Twoje wyobrażenia o dalszym życiu zasługują na uwzględnienie. Nie trać czasu. Kartki i długopis
znajdziesz w papierowej teczce przyczepionej pod łóżkiem.

Już mnie oceniasz? Proszę, dalej. Pożywaj sobie. Jestem chory? Trzeba mnie leczyć? Gówno prawda. Jeśli nie masz w sobie dość empatii, by mnie zrozumieć, po prostu się pierdol. A może spróbuj się postawić w moim położeniu, pooddychać powietrzem, które jedzie stęchlizną. One mnie okaleczyły, zdeptały marzenia i ideały... Nie potrafiłbym inaczej rozpocząć życia na nowo. A chciałem żyć inaczej. W ogóle chciałem żyć. Kim jesteś, by odbierać mi to prawo?!

* * *

Siedziałem w restauracji. Spoglądałem nerwowo na zegarek. Musiałem cokolwiek zjeść, ponieważ ostatnio zaniedbywałem tę czynność. Jadłem jakieś danie, którego smaku nie czułem. Musiało być dobre – wiedziałem to, bo znałem tę restaurację. Była cholernie droga i na uboczu, z dala od zgiełku miasta. To dziwne, ale naprawdę nie czułem żadnego smaku. Żułem kolorową masę, która kosztowała blisko dwieście złotych za talerz. Odsunąłem ledwo napoczętą, efektownie prezentującą się potrawę. Znowu spojrzałem na zegarek. Dziewczynom pozostało niespełna sześć godzin. Był kwadrans po szóstej. Długo spoglądałem w tarczę zegarka. Z rozmyślań wyrwało mnie pytanie kelnerki, która zjawiła się obok, nie wiadomo skąd.

– Nie smakuje panu?

– Wyśmienite, ale chyba jednak nie jestem głodny. – Kłamstwo zdradzało burczenie w brzuchu. Na tyle ciche, że wiedziałem o nim tylko ja.

– Podać panu coś innego? Może coś do picia? – zapytała.

– Poproszę o białą kawę i rachunek – odpowiedziałem. A kelnerka stała jeszcze, lekko się uśmiechając. Spojrzałem na nią uważniej. Była ładna, miała długie nogi i promienny, niewymuszony uśmiech. Skarciłem się w myślach: – Żadnych dup, zapomnij o tym. Mało masz problemów? – Własne myśli strofowały mnie jak belfer gówniarza stojącego przy tablicy.

– Dziękuję. To by było na tyle – dodałem niezbyt miło. Uśmiech na ustach kelnerki zgasł, odwróciła się i poszła podać to, o co poprosiłem.

Dzień piąty

Stałem przy ulubionym biurku. Dochodziła północ. Podglądałem dziewczyny na monitoringu. Dwie spały. Kasia paliła papierosa. Magda zajadała coś, co znalazła w lodówce. Uruchomiłem aplikację w komputerze, dzięki której wszystkie będą mogły mnie za chwilę usłyszeć. W każdej celi zainstalowałem głośnik. O czym przekonają się już za kilka sekund. Nacisnąłem przycisk *transmit* w aplikacji.

– Za dziesięć minut przyjdę odebrać podanie. Proszę włożyć je do koperty i wsunąć pod drzwi.

Śpiące do tej pory Dorota i Monika poderwały się z łóżek. Magda przestała jeść. Kasia rozejrzała się po celi. Zgasiła papierosa. Wszystkie, jednocześnie i potulnie, zaczęły składać podania i chować je do kopert. Zrobiły to, czego od nich oczekiwałem. Były cztery minuty po północy. Zapaliłem papierosa.

* * *

Przed sobą miałem cztery koperty. Jedna była świeżo opluta. Wyciągnąłem ze środka kartkę. To podanie Magdy. Uśmiechnąłem się do siebie. Nigdy nie była pokorna. Rozumiałem jej złość. Żałowałem, że nie potrafiła pojąć mojej. Nie czułem się urażony. W jakiś sposób nawet jej współczułem. Kąsała jak uwięzione w klatce zwierzę.

Włączyłem nadawanie w aplikacji. Magda siedziała na sedesie w minitoalecie, w którą była wyposażona każda z cel. Reszta dziewczyn odpoczywała na pryczach.

– Proponuję położyć się spać. Jutro ogłoszę wynik.

Żadna raczej nie zdawała sobie sprawy, że nie jest sama w miejscu odosobnienia. Wolałem, żeby tak zostało. Wyłączyłem podgląd z kamer.

Zacząłem czytać to, co napisały.

* * *

Obudziłem się w opakowaniu, otulony kocem, na kanapie. Usiadłem i sięgnąłem po papierosy. Ze szlugiem w zębach powlokłem się zaparzyć kawę. W głowie miałem natłok myśli. Wszystkie listy były podobne. Prośby o przebaczenie i żal, bardziej podyktowane strachem niż szczerą skruchą. Ja nie odczuwałem żalu. A dziewczyny były przerażone. Nie wiedziały, co je czeka. Panicznie bały się tego, co im zgotowałem. Wszystkie poza Magdą. Jej podanie zawierało dwa zdania: „Pierdol się! Trafisz do pudła, pojebie!". Nie byłem zadowolony.

Kasia pisała o pieniądzach, o tym, że na pewno mi je odda. Że się we mnie zakochała, ale bała się nowego związku i tym podobne banialuki. Pojawiały się też zdania o tym, że dziewczyny pragną być szczęśliwe, będą się starały żyć inaczej, lepiej. Używały różnych słów, ale konkluzja była podobna. Chciały żyć. Inaczej. Nawet jeśli dyktował im to tylko strach i nawet jeżeli nie do końca pisały szczerze, z pewnością zmusiłem je do myślenia o dotychczasowym postępowaniu. Wszystkie poza Magdą. Co za sucz! Muszę ją złamać! Chciałem tego jak sam skurwysyn.

* * *

Byłem pewny, że żadnej z tych, którym postanowiłem dać nauczkę, nikt nie będzie szukał. W każdym razie nie za szybko. Ułatwiało mi to realizację planu. Magda miała na tyle postrzelony styl bycia, że potrafiła zniknąć z domu na wiele tygodni, z rzadka dając znać komukolwiek, gdzie jest i co porabia. Jej rodzice, chcąc nie chcąc, od lat byli do tego przyzwyczajeni. Kasia nie miała zbyt wielu przyjaciół, od wielu lat mieszkała poza Polską. Dorota, artystka, raz była tu, raz tam. Za Moniką też nikt nie tęsknił ani się nią zbytnio nie przejmował.

Najpierw postanowiłem pozbyć się Kasi. Wydrukowałem dokument wcześniej przygotowany w komputerze. Zapaliłem papierosa. Paląc, przeczytałem treść chyba po raz setny. Nie znalazłem żadnych błędów formalnych. Podpisałem tam, gdzie było miejsce na mój podpis. Podszedłem do sejfu. Wstukałem sekwencję trzech liczb: 12, 24, 36. Otworzyłem. Ze środka wyjąłem zawiniątko zapakowane w szary papier. Wziąłem je oraz wydrukowany i podpisany dokument. Zszedłem na dół.

* * *

Stanąłem przed drzwiami pomieszczenia, w którym znajdowała się Kasia. Otworzyłem je powoli. Nie mogłem przecież przewidzieć jej reakcji. Siedziała skulona i przerażona na ascetycznym łóżku.

– Nie bój się. To już koniec. – Starałem się mówić jak najłagodniej. Jednak moje słowa przeraziły ją. Mogłem się tego spodziewać.

– Nie rób mi krzywdy, proszę. Przepraszam za wszystko, ja... – zaczęła łkać. Postanowiłem to możliwie najszybciej zakończyć.

– Posłuchaj uważnie – powiedziałem.

Ryczała w sposób, który mnie przeraził. To był stłumiony płacz dziecka.

– Przestań wyć, jeśli chcesz stąd kiedykolwiek wyjść!

Przestała. Patrzyła na mnie w skupieniu. Czekała na dalszy ciąg. Spojrzałem na nią łakomie. Podnieciła mnie jej uległość, bezradność. Czułem, że drąg rośnie mi w spodniach. Też to zauważyła.

– Zrobię wszystko co chcesz, tylko mnie wypuść. – Rzeczywiście była gotowa na wszystko. Nakręciło mnie to jeszcze bardziej. Chciałem skorzystać z okazji i ją wyruchać.

– Co jesteś gotowa zrobić?

– Naprawdę wszystko! Tylko mnie nie skrzywdź, proszę...

– To się postaraj, suczko.

Przysunęła się bliżej. Była uległa i zdesperowana. Stanąłem w lekkim rozkroku. Patrzyłem na nią z góry i obserwowałem, co jest w stanie zaoferować. Drżącymi rękami zaczęła rozpinać mi rozporek. Wyjęła twardniejącą dzidę, zamknęła oczy i wsunęła fiuta głęboko w usta. Krztusiła się, ale walczyła dzielnie. Patrzyłem z satysfakcją, jak się upadla, ciągnąc mi pałę. Sięgnąłem dłońmi w kierunku jej cycków i zacząłem masować je przez bluzkę. Postanowiłem, że potraktuję Kaśkę jak ostatnią szmatę. Spodobał mi się ten pomysł.

– Ściągaj majtki.

Zaczęła zsuwać spódniczkę. – Nie ściągaj spódniczki, podnieś ją tylko i ściągnij majtki – rozkazałem. Zrobiła to.

– Rozłóż szeroko nogi.

Po chwili lśniła przede mną drobniutka, nieowłosiona szparka. Klęknąłem i wpakowałem jej członka w sam środek. Stęknęła, ale rozsunęła szerzej nogi. – Ale kurew! – pomyślałem i zacząłem jebać jak zwykłą bladź.

Ruchając tę szmatę, skupiałem się wyłącznie na własnej przyjemności. Trzymałem Kaśkę za biodra i pakowałem kutasa w ciasną cipę z wielkim impetem. Nie oszczędzałem jej. Nie zależało mi na tym, żeby doszła, jednak po kilku minutach czułem, że szczytuje. Jęki upewniły mnie, że miała orgazm.

– Dobrze ci, kurwo?

– Tak, jeszcze... rób to...

Jebałem ją. Nieoczekiwanie dla niej strzeliłem ją otwartą dłonią w pysk. Podnieciło mnie to. Dostała drugi raz. Rozchyliłem palcami szparę i waliłem jak taran jej dziurę do jebania.

– Odwróć się!

Posłusznie wykonała polecenie, gdy tylko wysunąłem kafara z dziurki.

– Wypnij pizdę. – Zapakowałem sztywnego członka w idealnie wypiętą cipę. Czułem, że niedługo dojdę, a chciałem jeszcze trochę jej poużywać. Zacząłem myśleć o planowanym wyjeździe do Singapuru. Musiałem skupić się na czymś innym, żeby zbyt szybko się nie spuścić. Jeszcze nie teraz. Jeszcze będę ją jebał. Tę kurwę, która tylko do jednego się nadaje.

– Ściskaj go, zdziro! Staraj się! – Poczułem, jak pracuje pizdą, usiłując robić to, na czym najlepiej się znała. Naplułem na dłoń i zwilżyłem śliną drugą dziurę. Rozluźniałem ją kciukiem. Kaśka zaczęła wierzgać dupskiem.

– Nie, proszę, nie lubię. – Stawiała się. Chuj mnie to obchodziło. Chciałem ją upodlić do reszty. Nie lubiłem seksu analnego, ale uznałem, że to ją jeszcze bardziej poniży. Zwłaszcza że tego nie chciała. Podnieciłem się jeszcze mocniej. Kciuk penetrował jej odbyt, szykując go na fiuta.

– Nie rób tego, błagam.

– Stul mordę, Kasiu, i nie ruszaj tyłkiem. Znieruchomiała i zaczęła chlipać w poduszkę.

Wpakowałem jej sztywnego kutasa w ciasną dupę. Mocno, zdecydowanie zbyt mocno. Zaczęła płakać, a ja mimo to jebałem ją ostro. Po kilkunastu pchnięciach wysunąłem pałę i zacząłem sobie trzepać. Długo to nie trwało. Skierowałem strumień spermy na tyłek, odbyt, szparę. Gdy wytrzepałem wszystko, co miałem na stanie, była cała w moim śluzie. Mokre od nasienia palce wpakowałem w cipsko. Płakała, a ja robiłem palcówkę. Skończyłem. Wiedziałem, że już nie dojdzie. Wytarłem dłoń w spódniczkę. Sterczącego jeszcze kutasa wsunąłem w pizdę. Po to, by tylko zaznaczyć teren, który posiadłem przed chwilą. Wykonałem dwa lub trzy ruchy i wyjąłem. Skrawkiem spódniczki wytarłem go. Zacząłem się ubierać.

– Wstawaj, kurewko. Zrobiłaś swoje. Podpisz umowę, jaką mam dla ciebie i spierdalaj. – Brzydziłem się nią. Podniosła się z pozycji klęczącej.

– Jaką umowę? – zapytała drżącym, dziecinnym głosem. Poprawiła spódniczkę. Śmierdziała potem i spermą.

– Że wzięłaś udział w sześciodniowym projekcie, za który pobrałaś wynagrodzenie w wysokości dwunastu tysięcy dolarów amerykańskich. Nie wnosisz żadnych roszczeń co do jego trwania oraz warunków, które zostały precyzyjnie określone. Jeśli podpiszesz, wyjdziesz, zainkasujesz kasę, a ja zapomnę o twojej „pożyczce". I nigdy więcej się nie spotykamy. Decyduj. Zanim zmienię zdanie.

– Daj tę umowę. W porządku. Pasuje mi to – powiedziała już spokojniej, ocierając resztki łez z policzków.

Podałem jej dokument. Rzuciła okiem, zatrzymując dłużej wzrok w miejscu, gdzie była podana kwota. Podpisała i oddała.

– A pieniądze?

– Pieniądze są naprawdę aż takie ważne? Pisałaś w podaniu, że nie... – Pokręciłem głową z niezadowoleniem, ale podałem jej zawiniątko z kasą.

* * *

Patrzyłem, jak Kasia wychodzi z budynku. Obejrzała się jeszcze nerwowo za siebie, spojrzała w kierunku okna, przy którym stałem, i szybkim krokiem się oddaliła. Zapaliłem kolejną fajkę. Trochę mi ulżyło. Zastanawiałem się, czy zechce wezwać policję. Oczywiście, że brałem to pod uwagę. Ale zważywszy na treść umowy, którą podpisała, i spore pieniądze, jakie zainkasowała, zagrożenie oceniałem jako bliskie zera. Otworzyłem nową paczkę papierosów.

Usiadłem przed monitorem. Czułem się uspokojony. Jednak do całkowitego spełnienia było daleko. Zostały jeszcze trzy. Włączyłem podgląd na cele. Powiększyłem obraz z pomieszczenia, po którym od ściany do ściany chodziła Dorota. – OK, teraz ona – zdecydowałem. Zacząłem jeszcze raz czytać, co napisała. Całe pokłady niespełnionych ambicji. Rozumiałem ją. Zresztą zawsze miałem słabość do artystów. Tak wielką, że oglądając filmy Wajdy czy prace Beksińskiego, zdarzało mi się osiągać imponujące wzwody. Wydrukowałem umowę dla Doroty. Podpisałem ją. Wstałem od komputera. Zgasiłem papierosa. Zszedłem do lochów.

* * *

Po przekroczeniu drzwi lokum Doroty zobaczyłem tylko jej cień. Rzuciła się w kierunku drzwi, próbując mnie ominąć. Chwyciłem ją wpół i popchnąłem w kierunku łóżka.

– Uspokój się. Myślisz, że możesz tak po prostu stąd uciec? Nie będzie łatwo – powiedziałem bez emocji.

Wsparła się na łóżku na łokciach. Nogi miała lekko rozchylone. Stanął mi. Wszystko działo się poza moją kontrolą. Nie miałem ochoty jej dymać.

– Dlaczego mi to robisz? Czego chcesz? – Zabrzmiało jak wyrzuty podbarwione strachem.

– Proponuję ci dwanaście tysięcy dolarów za sześć dni pracy. Mało?

– Za co? Chcesz mnie ruchać? Nakręcić pornola czy co? – Była zdezorientowana.

– Jeśli masz ochotę na jebanie, mogę się nad tym zastanowić. Proponuję wynagrodzenie za pobyt w mało komfortowych warunkach. Tu masz umowę. Przeczytaj spokojnie. Jeśli ci pasuje, podpisz, bierz kasę i spierdalaj.

– Daj to. – Wyrwała mi kartkę z ręki. Zaczęła czytać. Wzrok oczywiście zatrzymała dłużej w miejscu, gdzie w cyfrach i słownie była podana kwota. Chyba nie docierało do niej, co było tam napisane. Poza sumą pieniędzy.

– I co? Podpisuję to, ty mi płacisz dwanaście tysięcy, które zabieram i spadam, tak?

– Dokładnie tak. Ponieważ mam napięty grafik, decyduj się szybko.

– Masz coś do pisania?

Podałem jej długopis.

– A masz pieniądze?

Zastanawiałem się, czy naprawdę będzie potrafiła żyć inaczej niż do tej pory. Nie podobało mi się to. Ale przecież to przede wszystkim moje życie miało się zmienić. To było najważniejsze.

Wyjąłem z kieszeni marynarki zawinięty w papier rulon banknotów. Rozwinąłem go i pomachałem Dorocie przed oczami. Wzięła długopis i złożyła podpis. Z powrotem zawinąłem pieniądze w papier i jej podałem.

– Zanim cię puszczę, masz zrobić sobie palcówkę. Chcę popatrzeć.

– Uznałem, że za dwanaście tysięcy należy mi się chociaż małe przedstawienie.

– Żartujesz, nie? – spytała.

– Nie żartuję.

– A co, jeśli tego nie zrobię?

– Zamknę drzwi, wrócę na górę i zastanowię się, co dalej.

Tak, ją też chciałem upodlić. Co gorsza, zaczynało mi się to podobać. Mój członek też był zadowolony z pomysłu. Twardniał w spodniach.

– Jak... jak mam to zrobić? – zapytała cicho.

– Tak, żeby mi się podobało. Ściągnij spodnie, majtki, rozłóż szeroko nogi i wpierdol sobie palce w taki sposób, w jaki robisz to, kiedy potrzebujesz jebania, a nie masz pod ręką prawdziwego kutasa.

Rozpięła guzik od spodni, suwak. Zrzuciła skarpetki i buty. Zsunęła spodnie. Potem majtki. Była naga od pasa w dół.

– Rób to, suko. Jeśli chcesz stąd wyjść, to się postaraj. Musisz dojść.

– Wydając jej polecenia, czułem, że sobie też będę musiał ulżyć. Cholernie mnie podniecało, że mam nad nią pełną kontrolę.

– Napierdalaj pizdeczkę, Dorotko!

Zwilżyła palce śliną. Delikatnie pocierała łechtaczkę. Zaczęła szybciej oddychać. Nie wiedziałem, czy potrafi tak grać, czy może naprawdę ją to podnieca. Jednak nie było to dla mnie istotne. Ważne, że mi się podobało.

– Przyspiesz! – Przysunąłem się bliżej Doroty. Dłonią zacząłem ugniatać kutasa, który stał się niemym widzem spektaklu. Popatrzyła na to, co robię. Nie spuszczając wzroku ze sterczącego w spodniach szrapnela, masowała cipkę.

– Włóż palce w środek. Dwa. Postaraj się – mówiąc to, wypuszczałem pytonga na wolność. Postanowiłem zlać kurwę spermą.

Włożyła palce do środka. Powoli, ale głęboko. Zaczęła robić sobie palcówkę. Widok był niesamowity. Podszedłem jeszcze bliżej. Klęknąłem na łóżku. Waliłem kutasa blisko jej twarzy. Patrzyła, jak się onanizuję. Miała wypieki. Widziałem jej podniecenie.

– Otwórz usta. – Waliłem go coraz szybciej. Uchyliła je delikatnie, o milimetry od główki gorącego członka.

– Szerzej, szmato!

– Połkniesz wszystko, jasne?

Kiwnęła potakująco głową. Pracowała palcami coraz szybciej. Zaczęła głośno stękać. Dochodziła. Przyłożyłem się do roboty i również przyspieszyłem. Strugi spermy zaczęły chlapać na jej twarz, a część wylądowała w szeroko rozchylonych ustach. Oblizała spermę. Dobra sucz.

– Wyliż go dokładnie, szmato. – Podałem jej do ust wciąż sztywną pałę. Wykonała polecenie delikatnie i precyzyjnie, nie zostawiając ani kropelki.

– A teraz spieprzaj. Jeśli potrafisz, zmień życie tak, jak to opisałaś. Może kiedyś zostaniesz znaną artystką? Masz potencjał. Być może uda ci się go nie zmarnować – powiedziałem bez przekonania, zapinając rozporek.

Dzień szósty

Zostały dwie. Magda i Monika. Powoli kończyły się zgromadzone dla dziewczyn zapasy jedzenia. Wstałem po kiepsko przespanej nocy. Poszedłem wziąć prysznic. Ogoliłem się, bo zarośnięta gęba przestraszyła mnie w odbiciu lustra. Cały czas zastanawiałem się, jak skończy się szósty dzień. Dwie ostatnie dziewczyny. Sześć dni. Dwa razy sześć dwanaście. Miałem ochotę na rżnięcie.

Włożyłem świeże ciuchy. Odbicie w lustrze było już nieco przyjaźniejsze. Podszedłem do biurka i włączyłem komputer. Odpaliłem aplikację z podglądem z kamer. Monika jeszcze spała. Magda piła wodę z plastikowej butelki. Zapaliłem papierosa. Wydrukowałem umowę dla Moniki. Z sejfu wyciągnąłem przeznaczony dla niej pakunek z pieniędzmi. Zabrałem z biurka długopis. Poszedłem na dół.

* * *

Wślizgnąłem się do celi, gdzie spała Monia. Usiadłem na brzegu łóżka, ostrożnie, tak by jej nie zbudzić. Przyglądałem się. Położyłem dłoń na ramieniu dziewczyny. Delikatnie potrząsnąłem. Zobaczyłem, jak otwiera przestraszone oczy. Poderwała się, jakby dotykająca ją ręka była rozgrzanym do czerwoności kawałkiem pręta.

– Nie rób mi krzywdy – wyszeptała.

– Skąd ten pomysł? Nic ci się nie stanie. Jesteś matką mojego dziecka. Chcę porozmawiać, a nie krzywdzić.

– O czym? – spytała tak cicho, że ledwo ją zrozumiałem.

– O tym, czy naprawdę pragniesz zmienić życie.

– Chciałabym... naprawdę, uwierz mi. Nie wiem, czy umiem, ale napisałam wszystko...

– Tak, czytałem kilka razy. Zastanawiam się, kto z nas bardziej by tego chciał.

– Zrobię to, jeśli tylko mi pozwolisz stąd pójść.

– Za chwilę wyjdziesz. Jesteś tu z jednego powodu. Martwię się o naszą córkę. Wiedz, że byłaś dla mnie ważna. Zawsze będziesz. Kiedyś myślałem, że mnie pokochałaś. Jednak to była fikcja – mówiłem powoli, ważąc każde słowo. – Nie chcę mieć ci tego nigdy więcej za złe – ciągnąłem. – Chciałbym, żebyś naprawdę spróbowała żyć inaczej. Pieprzysz się z innymi. Twoja sprawa. Ale zawsze będziesz matką mojego dziecka. Pragnę częściej widywać córkę. Uniemożliwiałaś mi to. Nie tak powinno być.

Podałem jej dokument.

– Podpisz umowę. Dostaniesz dwanaście tysięcy dolarów za spędzony tu czas. Wykorzystaj tę sytuację najlepiej, jak potrafisz. Ten budynek przepisałem na córkę. Gdy uzyska pełnoletność, będzie mogła z nim zrobić, co zechce.

Zaczęła czytać.

– Wystarczy, że złożę podpis i wtedy mnie wypuścisz?

– Oczywiście. – Podałem jej zwitek banknotów.

– Tak naprawdę nie potrzebuję więcej pieniędzy. Radzę sobie. Alimenty przychodzą regularnie. Zresztą pracuję. Po co to wszystko? Dlaczego mnie tu zamknąłeś?

– Myślałem, że mnie zrozumiesz – powiedziałem. – Chciałem pomóc sobie, ale nie tylko. Nie wiem, czy to ma jakiś sens. Ale postanowiłem spróbować. Pragnę żyć inaczej, lepiej. Mam nadzieję, że tych kilka ostatnich dni i tobie coś da… Może pozwoli żyć w trochę lepszy sposób. A jeśli uważasz, że to bez sensu i chore – zawiesiłem głos – wtedy z dwunastoma tysiącami zrób, co chcesz. Podpisz i niech się to już skończy. Jestem zmęczony, Moniko… – mówiłem prawdę. Byłem cholernie zmęczony. Podałem jej długopis. Podpisała. Odsunęła rękę z pieniędzmi. Trochę mnie zaskoczyła tym gestem. Mimo wszystko wziąłem torebkę, która leżała na łóżku, i włożyłem banknoty do środka.

– Weź. Przydadzą ci się.

* * *

Gdy wyszła, zrobiłem kolejną kawę. Od kilku dni paliłem jak stare auto na ssaniu. Papierosa za papierosem. Siedząc przed komputerem, przeglądałem treści najnowszych newsów. Sprawdzałem, czy nie ma czegoś na mój temat. Wyjrzałem przez okno, by upewnić się, że przed budynkiem nie migają niebieskie światła policyjnych suk. Niczego takiego nie było. Ale musiałem się z tym liczyć.

– Może lepiej było je zajebać? – Uśmiechnąłem się do siebie. Możliwe, że nie wszystko do końca jest ze mną w porządku, ale nigdy nie miałem zabójczych skłonności. Zgasiłem papierosa. W komputerze uruchomiłem aplikację monitorującą cele. Magda leżała na łóżku. W programie nacisnąłem przycisk *transmit*.

– Magda, dziś się rozstajemy... Ale wciąż nie mam twojego podania. – Zobaczyłem, jak nie ruszając dupy z łóżka, wyciąga w górę rękę z wyprostowanym środkowym palcem.

– Jak chcesz, kociaku – zachrypiałem do mikrofonu, wyklinając ją w myślach. Mój plan miał wyglądać zupełnie inaczej. Suka wydawała się być nie do złamania. Znowu zapaliłem, siorbiąc zimne resztki kawy. Wyłączyłem komputer. Była godzina 20:12.

* * *

Nadal siedziałem przy biurku. Ze stojącej na nim drukarki wyjąłem czystą kartkę. Złożyłem ją na pół i włożyłem do koperty. Zszedłem na dół. Do nieokiełznanej suczki. Jak do tej pory, nikt do mnie nie dzwonił. Policja nie zjawiła się przed biurem. Wszystko szło więc niezgorzej. Oprócz sytuacji z Magdą. Zależało mi, by jak najszybciej zrealizować plan, a ona chwilowo to uniemożliwiała. Postanowiłem ją trochę przycisnąć.

Otworzyłem drzwi celi. Stała na środku pomieszczenia. Podeszła do mnie i dała mi z całej siły w twarz. Oddałem jej. To było bezwiedne i nieoczekiwane.

– Chcę porozmawiać, więc się uspokój. – W uchu dźwięczało mi stado spółkujących kolibrów.

– Jesteś popierdolony, wiesz?

– Możliwe... możesz mnie wysłuchać? – zapytałem.

– Pierdol się, cholerny pokurwieńcu! Myślisz, że ci to ujdzie płazem?

– To zależy.

Suka mi groziła. Mogłem się tego spodziewać.

– Gdy tylko stąd wyjdę, powiadomię policję. Masz przejebane. Możesz powiedzieć, co chciałeś osiągnąć? Co ty w ogóle odpierdalasz?

– Spróbuję ci wytłumaczyć. Zrobisz, co zechcesz, ale teraz mam ochotę cię przelecieć.

– Chyba cię pojebało! Możesz sobie pomarzyć, porąbańcu.

Zaczęła rżeć jak popieprzona. Strzeliłem ją w twarz. Wkurwiła mnie. Przestała się śmiać. Spojrzała zdezorientowana i przestraszona.

– Wcale nie żartuję. Odwróć się, oprzyj o ścianę i wypnij – zażądałem.

– Nie rób tego, pogarszasz swoją sytuację… proszę cię. – Łagodniała i wyczuwałem w niej coraz więcej strachu.

– Wstań i się odwróć. – Chciałem sobie ulżyć i ostatni raz skorzystać z jej cipki.

Powoli podeszła do ściany. Oparła się o nią dłońmi.

– Wypnij tyłek. – Stanąłem możliwie najbliżej. Chwyciłem za włosy. Drżała. Nie wiem, czy tylko ze strachu, czy może była też podniecona. Wypięła tyłek. Podniosłem jej spódniczkę. Jedną ręką opuściłem majtki. Uwolniłem fiuta. Wpakowałem go tak, że jęknęła. Była mokra, więc jednak podniecona. Rżnąłem ją ostro. Tak jak lubiła. Brutalnie trzymałem za włosy, a ona miarowo jęczała.

– Jesteś popierdolony – wysyczała podniecona.

– Możliwe… zaraz zakończymy to wszystko.

Strzeliłem ją otwartą dłonią w tyłek. Syknęła. Lubiła to. Mimo okoliczności i dziwnej sytuacji, czerpała z tego, co teraz robiłem, przyjemność. Szmata. Zabawa trwała tylko kilka minut. Gdy poczułem w jej piździe skurcze, zlałem się, aż zapluskało. Wysunąłem członka, wytarłem w spódniczkę i go schowałem. Zaczęła podciągać majtki. Odwróciła się. Wtedy niespodziewanie jakiś cień mignął mi przed oczami. Poczułem w okolicach szyi tępy ból. Suka wbiła w mój kark długopis. Zobaczyłem wirujące szaro-czarne plamy. Upadłem.

* * *

– To się nieźle wjebałeś, wnusiu. – Głos dziadka był jak zawsze opanowany. Ale przecież dziadka nie powinno tu być. Kojfnął wiele lat temu. Poczułem mrowienie na całym ciele. Strach i zimno. Chciałem otworzyć oczy, ale nie miałem siły.

– Mówiłem ci tyle razy. Pamiętasz? Kobiety. One wszystko potrafią zepsuć. Złamać życie, karierę, marzenia. Zupełnie jak twoja babcia, a moja kochana Marianna. – Zaczął rechotać.

Próbowałem coś powiedzieć, ale nie dałem rady. Nie mogłem poruszyć ustami.

– Dobra, wracaj i zrób coś z tym, do cholery, bo tak nie może przecież być! Dobiegły mnie oddalające się kroki i trzask drzwi.

Dni ostatnie

– Nie ruszaj się. Nic ci nie będzie, chociaż wygląda to paskudnie – usłyszałem kobiecy głos. Ciepły, miły i troskliwy. Nie wiedziałem, do kogo należał. Nie wiedziałem też, gdzie jestem. Było ciemno. Ale chyba dlatego, że nie mogłem otworzyć oczu. Poczułem, jak ktoś bandażuje mi szyję. Moja głowa była na czyichś kolanach. Odpłynąłem.

* * *

Przede mną majaczyła zamazana postać. Widziałem kogoś od pasa w dół. Głowę miałem przechyloną. Na krześle siedziała kobieta. Krótka spódnica, lekko rozchylone nogi obleczone w porwane pończochy. To była Magda.

– Rzeczywiście się wjebałem – pomyślałem. Chciałem coś powiedzieć, ale usłyszałem tylko jakieś świńskie charczenie dobywające się z własnego gardła.

– Lepiej na razie nic nie mów. Wszystko będzie dobrze.

Nie mogłem podnieść głowy, by na nią spojrzeć. Chciałem Magdę przeprosić, ale z krtani dobywał się tylko dziwny bulgot.

– Ostrzegałam, żebyś nic nie mówił. Wypij to. – Przybliżyła mi kubek do ust. Sączyłem powoli gorzki płyn. Przez moment pomyślałem, że to trucizna. Było mi jednak wszystko jedno.

– Poczujesz się lepiej. To silne środki przeciwbólowe i przeciwzapalne. Pomogą ci. Spróbuj zasnąć. – Gdy wypowiadała te słowa, ponownie odleciałem.

* * *

Ocknąłem się. W pomieszczeniu panował półmrok. Na łóżku obok mnie siedziała Magda. Łeb mi pękał. W ustach suchość. Chciałem się podnieść. Ale moje ciało tylko drgnęło.

– Jak się czujesz? – spytała czule, jakby w ostatnich kilku dniach nic się nie wydarzyło. Nic złego.

– Chu.. chu…

– jowo? – dokończyła za mnie.

– Tak – potwierdziłem cicho. Mogłem coś w końcu z siebie wydusić.

Sięgnąłem ręką w kierunku szyi, która też mnie bolała. Poczułem bandaż, a pod nim opuchliznę.

– Nie chciałam cię aż tak skrzywdzić. Przepraszam.

– OK. Co teraz?

– Nie wiem. Może wezwę policję, a może… – zawiesiła głos. Zrobiło mi się gorąco.

– Może dam ci szansę. Zaraz wrócę.

Zamknąłem oczy. Mój doskonały plan całkiem się posypał. Zasnąłem.

* * *

– Masz tu kartkę oraz długopis. I dwie godziny, by napisać podanie. Żebym zapomniała o ostatnim tygodniu. Jeśli oczywiście to potrafisz i chcesz, bym wszystko puściła w niepamięć. Wytłumacz w kilkunastu zdaniach, po co to było. Jeżeli twoje słowa nie spowodują, że ci przebaczę, wtedy wezwę policję. A mój ojciec załatwi cię tak, że do końca życia się nie pozbierasz. Gwarantuję.

Dotarło do mnie, że nastąpiła zamiana miejsc. Tego zupełnie nie przewidziałem. Wiedziałem też, że Magda nie żartuje. – Kurwa zajebana twoja mać! Ale ze mnie dureń – pomyślałem.

– Dobrze. Zostaw mnie samego, proszę – głos brzmiał już zrozumiale, choć chrypiałem, jakbym miał anginę ropną. Przekręciłem się na łóżku. Powoli, walcząc z bólem. Usiadłem z trudem przy miniaturowym stoliczku, który stał obok. Wziąłem w dłoń długopis. U góry, pośrodku kartki napisałem najładniej, jak potrafiłem: „Podanie o nowe życie".

* * *

Czułem się fatalnie. Byłem jak naćpany. Miałem problem, by określić swoje położenie w czasie i przestrzeni. W głowie mi wirowało, mimo że mogłem już stanąć na nogi. Drzwi celi były zamknięte od zewnątrz. Nie wiedziałem, co stanie się za chwilę. Zabukowany bilet na lot do Singapuru mógł już stracić ważność. Zastanawiałem się, ile dni minęło, odkąd mój plan legł w gruzach. Dwa? Trzy? Miałem pewność, że nikt mnie nie będzie szukał, chyba że Magda wezwała już policję. Albo któraś z dziewczyn. Sytuacja wymknęła się spod kontroli. Dokładniej mówiąc, kto inny ją kontrolował. Zacząłem nucić pod nosem starą rosyjską piosenkę, którą kiedyś mój znajomy z Petersburga śpiewał na ulicy Mariackiej w Gdańsku. Bałem się, że tracę zmysły. Zważywszy na sytuację, każdy psychiatra pokiwałby teraz głową ze zrozumieniem. Usłyszałem szelest za drzwiami, a potem trzask odsuwanej zasuwy.

W progu stała Magda. Była przebrana w świeże ciuchy. Odpicowana, jakby szła na imprezę.

– Masz podanie? – żadnego „jak się czujesz?" albo „może zawieźć cię do szpitala?".

– Mam. – Usiłowałem wstać. Ale opadłem na łóżko.

– Nie wstawaj. Nawet nie próbuj, bo wyjdę i cię zamknę. Wsuń podanie do koperty i rzuć w moim kierunku. – Cały czas stała w pobliżu wyjścia. Wyraźnie bała się, że jakimś cudem ucieknę. Ale ja miałem problem, nawet żeby wstać. Wsunąłem złożone na pół podanie do koperty. Położyłem ją na ziemi i pstryknąłem palcami tak, że wylądowała u jej stóp.

Magda schyliła się i podniosła ją.

– Jak się czujesz? – zapytała, jakby chwilę wcześniej odczytała moje myśli.

– Ujdzie… ale nie bój się. Nie jestem w stanie ci uciec, nawet gdybym chciał.

– Właśnie widzę. Zaraz przyniosę ci leki. Tylko zerknę na to, co napisałeś… – Wyjęła kartkę z koperty. Wciąż stała blisko drzwi. Podniosła ją na wysokość oczu, tak by mieć mnie w polu widzenia. Zaczęła czytać. Wyraźnie się wzruszyła.

– Wszystko, co tu napisałeś, jest prawdą? – zapytała.

– Tak. To prawda.

– Za chwilę wrócę – wyszła, zamykając za sobą drzwi.

Położyłem się na łóżku. Ogarnęła mnie apatia i bezsilność. Źle się czułem. Chciałem, żeby to się skończyło. Jak najszybciej. Znowu straciłem kontakt z rzeczywistością.

* * *

Poczułem, że ktoś potrząsa moje ramię. Magda. Miała zapłakaną twarz. W ręku trzymała kubek.

– Pij, to ci pomoże. – Przystawiła mi go do ust.

– Niedługo się wszystko skończy – usłyszałem jak przez smoleńską mgłę. W głowie zamajaczyły mi postaci ekspertów komisji Macierewicza widziane kiedyś w telewizorze. Było ze mną bardzo źle. Wypiłem gorzki, letni płyn. Głowa opadła mi na mokrą poduszkę. Miałem gorączkę.

– Musisz wysłuchać tego, co ci powiem. Dasz radę.

Kiwnąłem potakująco. Oczy miałem przymknięte.

– Naprawdę nie kłamałeś?

Znów kiwnąłem głową. Zmusiłem się, by uchylić powieki. Spojrzałem na nią. Płakała. Podniosłem rękę, by pogładzić ją po twarzy. Palce prześlizgnęły się po mokrym policzku.

– Bardzo mi cię przez ten cały czas brakowało – mówiła drżącym głosem. – Zakochałam się w tobie. Wiem, że to mój apetyt na seks tak wiele zniszczył, być może nawet bezpowrotnie mi cię odebrał. Ale też bardzo tęskniłam za rozmowami z tobą, żartami. Twoim ciepłem. Seks z tobą był wspaniały, ale gdy się rozstaliśmy, brakowało mi po prostu ciebie. Zrozumiałam to za późno. Kocham cię i nienawidzę jednocześnie. Nienawidzę też siebie za to, jaka jestem. Myślałam, że nie traktujesz mnie poważnie, tylko jak młodą dupę do jebania. Nie wiedziałam, że jest inaczej. Szkoda. Oboje na swój sposób jesteśmy pojebani. Jednak udowodniłeś, że ja mniej. – Zaśmiała się przez łzy.

– Zrozumiałam dziś więcej – dodała. – Dziękuję. Dam ci szansę. I sobie też. Taka jest moja decyzja. Przepraszam, że cię skrzywdziłam.

Poczułem delikatny i długi pocałunek. Uśmiechnąłem się do siebie i zapadłem w ciemność.

* * *

Oślepiające światło. Biało, wszędzie biało. Szum i słowa, których nie rozpoznawałem. Czyżby życie po drugiej stronie istniało? Ja pierdolę, przecież dokonałem apostazji. No to będę miał teraz przejebane.

– Myślę, więc jestem... myślę, więc jestem – kto to mówi? Ja, sam do siebie? Kartezjusz nie mógł mieć z tym nic wspólnego. On nie żyje. Co się, kurwa, dzieje?

Zadaję sam sobie pytania. Zatem nie umarłem. Docierało to do mnie coraz bardziej. Próbowałem zebrać myśli do kupy, ale rozbiegały się jak spłoszone myszy.

– Jeszcze dwa miligramy adrenaliny. Szybko! – Tyle zrozumiałem, choć było to bardzo dziwnie wyartykułowane. W dodatku przez kogoś, czyjego głosu nigdy wcześniej nie słyszałem.

Rozbłysk w głowie, dudniący łomot. Co tu jest grane? Nic nie było dla mnie jasne. Poza oślepiającym światłem, które napierdalało przez zamknięte powieki. Poczułem, że ktoś trzyma mnie za rękę. Otworzyłem oczy. Ujmując to bardziej precyzyjnie – wysiliłem się, żeby powieki zrobiły szpary dla światła. Obok kołysała się biała postać. Czułem się, jakbym był na statku. Właśnie musiał być sztorm. To miałoby sens. Krótki biały fartuch kończył się w miejscu, gdzie zaczynały się czarne rajstopy.

– Może to pończochy? – pomyślałem. – Stul mordę, lubieżniku, i ustal rzeczy, które tu i teraz są znacznie bardziej istotne.

To moje mądrzejsze ja opierdoliło mnie w myślach.

– Wraca. Jest z nami, doktorze – usłyszałem kobiecy głos. Ale jakiś dziwny.

– Magda? Gdzie jest Magda? – wyszeptałem do czarnych rajstop, które trzymały mnie za rękę.

– Nie rozumiem. Mów po angielsku.

– Nie jestem w Polsce... – dopiero teraz to do mnie dotarło. Odpłynąłem zdezorientowany.

* * *

– Dzień dobry, jak się pan czuje? – Przy moim łóżku stał lekarz. Mówił po angielsku z dziwnym akcentem, którego nie mogłem zidentyfikować.

– Gdzie... gdzie ja jestem, doktorze? – Usłyszałem swój chropowaty, chujowy angielski.

– Szpital Alexandra. Nazywam się doktor Mohamed Tauqer. Wszystko będzie dobrze, proszę odpoczywać. Proszę się niczym nie martwić.

– Ale gdzie ja jestem?

– Szpital Alexandra, mówiłem już panu.

– W jakim mieście, doktorze?

– Jest pan w Singapurze… nic pan nie pamięta? Naprawdę? To minie, jest pan pod silnym działaniem leków i wciąż w szoku. Proszę odpoczywać. Porozmawiamy później. Jest pan pod bardzo dobrą opieką.

Lekarz wstał, pochylił się nade mną, zaświecił, kutas, latarką w oczy i poszedł.

– Singapur? Kurwa… co jest? – Znów odleciałem.

* * *

Gdzieś w oddali usłyszałem muzykę. Jakieś bębny, trąbki. Brzmiało fatalnie, mimo że żaden instrument nie fałszował. Do pokoju weszła czarnoskóra pielęgniarka i zamknęła uchylone okno. Posłała mi uśmiech.

– Za chwilę będzie pan miał gości. Czy czegoś panu potrzeba? – pierwsze zdanie było po angielsku, drugie w singlish.

– Nie, niczego mi nie trzeba. – Zaczynałem łapać miejscowy akcent. Lubiłem go.

Wciąż nie wiedziałem, jak się tu znalazłem i dlaczego. W głowie miałem zamęt. Wszystko było dla mnie nierealne, dziwne. Podniosłem rękę i pomacałem zabandażowaną szyję. Pod opatrunkiem wyczułem opuchliznę. Bolało jak cholera. Dlaczego nic nie pamiętam? I jacy goście? Martin? Tylko on przychodził mi na myśl. Podniosłem wzrok. W drzwiach stał mój azjatycki przyjaciel. Zmartwiony, może przestraszony. Podszedł powoli do łóżka.

– Jak się czujesz? Bałem się, że nie przeżyjesz upadku. – Naprawdę był zmartwiony.

– Jakiego upadku, Martin? Jakiego upadku?! Jak się znalazłem w Singapurze? Nic nie pamiętam. Kurwa!

– Kuhlfa? Wiem, że to wasze przekleństwo. Gdy spadłeś z platformy na budowie, non stop tylko to mówiłeś. Byłeś przytomny, mimo że pręt zbrojeniowy przebił ci kark. W życiu nie widziałem tyle krwi. Kuhlfa, kuhlfa. – Uśmiechnął się krzywo. – Rozmawiałem z lekarzami, twierdzą, że wróci ci pamięć. Naprawdę nic nie pamiętasz?

– Nie, Martin. Jak się tu znalazłem i kiedy?

– Jesteś tu od wielu miesięcy. Obiecałem ci kolejny projekt i zaprosiłem do nas. Przyjechałeś na początku listopada. Teraz jest styczeń…

– Ja pierdolę…

– Co? Mów po angielsku…

– Mam nadzieję, że wkrótce sobie wszystko przypomnę. Pielęgniarka mówiła, że będę miał gości. Chodziło tylko o ciebie, prawda?

– Nie, za chwilę przyjdzie Paulina. W twoich osobistych rzeczach znalazłem jej numer i poinformowałem ją o wypadku. Godzinę temu wylądowała na lotnisku. Powinna tu już być.

– Jaka Paulina?! – Mój puls niebezpiecznie przyspieszył. Martin spojrzał zdziwiony na tętno skaczące na monitorze, pod który byłem podpięty.

– Paulina... z Polski. Jej numer był też w twoim telefonie wśród ulubionych. To twoja dziewczyna, narzeczona, nie?

– Nie. Ale to nieważne. Paulina… ona nie żyje. Miała wypadek jakieś dwa lata temu – monitor moich czynności życiowych zaczął piszczeć jak skopany szczeniak.

Za plecami Martina pojawiła się pielęgniarka. A za nią zobaczyłem... zapłakaną twarz Pauliny. Kurwa! Przed oczami zawirowały mi ciemne plamy. Poczułem tak nieopisany strach pomieszany z paniką, że mózg musiał uznać, iż jedyne, co może dla mnie zrobić, to twardy reset. Zemdlałem.

* * *

– Dzień dobry, nazywam się Marcin Kujawa.

– Dzień dobry. Tak wiem. Jest pan punktualny. Punkt dla pana, młody człowieku. Proszę, niech pan usiądzie. Może kawy, herbaty?

– Nie dziękuję, nie chcę przeszkadzać ani sprawiać kłopotu.

– Ależ to żaden kłopot. Zatem czego się pan napije?

– To może kawy. Z mlekiem i cukrem. Jeśli można prosić.

– Oczywiście, że można. – Starszy, dystyngowany pan uśmiechnął się życzliwie, spoglądając bacznie na gościa.

Wysoki, szczupły mężczyzna w okularach i z siwiejącą brodą niespiesznie parzył kawę. Gabinet był mały, słoneczny. Za oknami zieleniły się drzewa rosnące w małym ogrodzie. Nastrój spokojny, relaksujący. Każdy, kto tu trafiał, chciałby zostać na dłużej. No, może jednak nie każdy.

– Wie pan, że gdyby nie rekomendacja doktora Szulza, nie przyjąłbym pana? – Postawił przed gościem filiżankę z gorącą kawą.

– Domyślam się. Dlatego tym bardziej się cieszę, że mogłem się z panem profesorem spotkać.

– Widzi pan, panie Marcinie, w tym roku kończę pracę. Udaję się na zasłużoną emeryturę.

– To będzie ogromna strata dla…

– Proszę sobie darować. Nie potrzebuję pochlebstw – profesor przerwał mu w pół zdania. Nie było w tym jednak nic złośliwego.

– Gdy wypije pan kawę, przejdziemy się. Zapoznam pana z tematem, który tak bardzo cię, Marcinie, zainteresował. Mogę ci mówić po imieniu? Tak będzie prościej. – Uśmiechnął się, widząc, jak gość pośpiesznie skinął głową.

* * *

– Od jak dawna on tu jest? – Kujawa był wyraźnie podekscytowany.

– W maju będzie sześć lat. To najciekawszy przypadek w mojej karierze.

– Czy mogę mieć dostęp do pełnej dokumentacji medycznej, panie profesorze?

– Ależ oczywiście, Marcinie. Rekomendacja przyjaciela znaczy dla mnie naprawdę bardzo wiele. Doktor Szulz twierdzi, że kiedyś będziesz jednym z lepszych specjalistów w naszej profesji, dlatego naprawdę możesz liczyć na moją pomoc. Czy oprócz dostępu do dokumentacji jesteś zainteresowany tym, czego w niej nie ma?

– Zamieniam się w słuch, profesorze.

– Dobrze, zatem również posłuchasz tego pacjenta. Pójdziemy do niego.

– Możemy? Czy to będzie bezpieczne?

– Tak, ale nic nie mów, tylko słuchaj.

Profesor wyjął pęk kluczy, następnie otworzył drzwi małej sali, pod którą stali. W środku, na brzegu łóżka, siedział skulony mężczyzna. Profesor przesunął stojące w pobliżu krzesło i wskazał Kujawie, by na nim usiadł. Sam przycupnął na łóżku obok pacjenta.

– Dzień dobry. Jak się dzisiaj czujesz? – Położył choremu dłoń na ramieniu.

– Dobrze się czuję. Kiedy stąd wyjdę?

– Niedługo, musimy jeszcze zrobić kilka badań.

– Panie doktorze, to nie może trwać dłużej niż parę dni.

– Tak, wiem. Musisz lecieć do Singapuru.

– No, właśnie. Nie mogę zawieść przyjaciół.

– Oczywiście. Czy masz dla mnie nowe notatki? Przyniosłem ci papier i świecowe kredki. – Profesor z teczki, którą miał ze sobą, wyjął plik czystych kartek i pudełko kredek.

– Proszę, to moje notatki dla pana. – Pacjent podał mu kilka zapisanych kartek. – Ale ja wolę pisać piórem. Ostatecznie długopisem albo ołówkiem – dodał.

– Wiem, mój drogi, ale pamiętasz, co się stało, kiedy dostałeś pióro, prawda?

– Nie, nie pamiętam, panie doktorze. Co się stało? – Pacjent kołysał się delikatnie do przodu i do tyłu. Amplituda wychyleń rosła.

– Wbiłeś je sobie w szyję, ledwo cię odratowaliśmy.

– Doktorze, to nie ja. To...

– Tak, wiem. To Magda. Pamiętam. Bardzo zła dziewczyna. Magda... – profesor mówił bardzo powoli i łagodnie, jakby miał do czynienia z małym dzieckiem. Jego głos uspokajał nawet Kujawę, który z wypiekami przysłuchiwał się rozmowie.

– Co u Magdy? Jak się czuje? Nie chce mnie odwiedzić?

– Nie mamy kontaktu z Magdą. Gdy tylko się odezwie, damy ci znać, dobrze?

– Dobrze... dobrze. – Pacjent gapił się w przeciwległą ścianę. Od początku rozmowy ani na sekundę nie odwracał głowy w kierunku dyrektora ośrodka.

– Paulina za to chętnie przyjdzie. Czeka tylko na twoją zgodę. Co ty na to? Może cię odwiedzić?

Pacjent nerwowo ściskał palce dłoni.

– Nie, doktorze, ona nie może przyjść. Dobrze pan wie, dlaczego – ton głosu chorego podniósł się nieznacznie.

– Dlaczego nie może przyjść? Przypomnij mi, proszę – profesor cedził każde słowo. Kujawa odniósł wrażenie, że ten spektakl jest specjalnie dla niego.

– Przecież ona nie żyje. Dwunastego września zginęła w wypadku samochodowym. Dobrze pan o tym wie. Proszę, nie wracajmy więcej do tego. – Pacjent po raz pierwszy, od momentu gdy weszli, odwrócił twarz w kierunku profesora.

– Musisz przyjąć leki. – Profesor sięgnął do kieszeni fartucha po małe puzderko z kolorowymi pigułkami.

– To naprawdę konieczne?

– Jeśli za kilka dni chcesz wyjść, to tak. Chory wyciągnął dłoń, na którą profesor wysypał tabletki.

* * *

– Czy on je wszystkie?... – Kujawa siedział na fotelu w gabinecie profesora.

– Tak, one wszystkie nie żyją, a ten biedak nie zdaje sobie z tego sprawy. Przebywa w innym świecie. – Profesor stał przy oknie i patrzył w dal.

– Jeśli mam być szczery, nie spodziewam się żadnej poprawy. Sięgnij po niebieski segregator z etykietą 6/2013/BZ, który znajduje się w przeszklonej gablocie po prawej stronie.

Kujawa wstał, otworzył drzwiczki szafki i sięgnął po akta. Zaczął je przeglądać. Profesor wciąż stał przy oknie i napawał się widokiem wiosny.

– O, kurwa!... To wszystko on...

– Tak, to wszystko on. Ale nie przeklinaj, proszę, w mojej obecności. Chociaż rozumiem twoją reakcję. Te fotografie stanowią część dokumentacji sądowej, którą przygotowywałem jako biegły. Masakra, prawda? To jego dzieło... Biedny człowiek. Umysł, mój drogi, jest nieodgadniony. Najciekawsze, że każdy z nas jest zdolny do czegoś takiego. Zdajesz sobie z tego sprawę? – Profesor nagle się odwrócił, usiadł naprzeciwko Kujawy i spojrzał mu prosto w oczy.

– Wolę wierzyć, że nie każdy z nas...

– Wiara jest dla durniów, mój drogi, a nie dla badaczy i naukowców. Jeśli rzeczywiście masz być wielką nadzieją psychiatrii, powinieneś to wiedzieć – profesor mówił dosadnie, lecz w jego tonie nie było ani krzty złości. Raczej przekonanie o własnej nieomylności. Jak u papieża.

– Czy można mu jakoś pomóc?

– Jedyne, co jesteśmy w stanie dla niego zrobić, to faszerować go farmaceutykami. Co pewien czas próbujemy nowych. Z podobnym rezultatem. Jak dotąd, nie znaleźliśmy dla niego skutecznej terapii. Jeśli mam być szczery, ten pacjent jest hybrydą kilku stanów chorobowych, z jaką nigdy nie spotkałem się w swojej karierze. Używając naszego żargonu, mogę powiedzieć, że zdiagnozowałem u niego poczwórne rozpoznanie. Prawdziwa rzadkość. Choć wciąż mam mnóstwo wątpliwości. Więcej pytań niż odpowiedzi... – zawiesił głos. Intensywnie nad czymś myślał. W sali obok ktoś głośno wył. Kujawa wzdrygnął się.

– Bez wątpienia jest niebezpieczny dla siebie i innych. Już pewnie stąd nigdy nie wyjdzie. Wszystko, co zrobił, mogłoby się powtórzyć. – Profesor był przejęty tym, co mówił. Był też autentycznie rozżalony i bezradny.

– Co to za notatki, które pan od niego wziął, profesorze?

– A właśnie. Tego nie ma w dokumentacji. Notatki są dla ciebie. Mam ich więcej. – Dyrektor ośrodka pochylił się i z szafki przy biurku wyciągnął gruby segregator.

– To jest alternatywna wizja rzeczywistości naszego przypadku. Cholernie spójna oraz logiczna w wielu miejscach. Są tu fragmenty, których nie mogłem w żaden sposób zweryfikować. I takie, których zwyczajnie nie rozumiem. Nie mam już siły oraz czasu tym się zajmować. Chyba sprawa mnie przerosła. Może tobie, młody człowieku, na coś się to zda. Mówiąc szczerze, zebrał się materiał na całkiem niezły film albo książkę. Zrób z tym, co zechcesz. Mam nadzieję, że pomoże ci to w analizie stanu pacjenta. Może zrobisz habilitację? A może... – zawiesił głos i nachylił się do Kujawy – będziesz mógł mu jeszcze pomóc. Ja nie potrafiłem...

Kujawa odniósł wrażenie, że oczy profesora się zaszkliły.

– W sekretariacie podpiszesz świstek, który uprawnia do wypożyczenia dokumentacji medycznej. Notatki pacjenta są prezentem dla ciebie.

– Dziękuję, panie profesorze. – Kujawa wstał z fotela i wyciągnął dłoń, by uścisnąć rękę dyrektora.

– Podziękuj mojemu przyjacielowi, doktorowi Szulzowi. To wspaniały człowiek. – Profesor silnie uścisnął dłoń Marcina Kujawy. Trzymał ją dwie sekundy dłużej, niż czynił to zwykle, i mocno potrząsnął.

KONIEC

Recenzje

Powieść Grossmana to taki gatunek literacki, o jakim marzy niemal każdy facet i wiele kobiet, ale mało kto odważyłby się tak napisać. A jeśli ktoś podczas lektury uśmiechnie się pod nosem, bo przypomną mu się jego własne przygody, to i tak nigdy głośno o tym nie opowie. Książka z pewnością przypadnie do gustu pokoleniom wychowanym na prozie Nienackiego, Bratnego czy Kundery, którzy nigdy nie unikali opisów odważnych scen damsko-męskich. Z pewnością zamiesza też w głowach purytańskich Polaków, przyzwyczajonych do tego, że o seksie albo się nie mówi, albo uprawia go przy zgaszonym świetle, a cała reszta pozostaje tylko „tą wstrętną pornografią". W dwóch słowach: samo życie!

Mariusz Gzyl
dziennikarz

Warto sięgać po literaturę, by móc podróżować, penetrować swoje słabości. Temu służy czytanie i tym przysłużyła mi się lektura „Dwunastu". Gratulacje dla autora za sprawne, dynamiczne posługiwanie się frazą, umiejętność stworzenia świata „myślenia na bieżąco", ze wszystkimi jego konsekwencjami. Może z natury niechętny jestem opisom męskich i brutalnych przygód po meandrach seksoholizmu – wiem jednak, że pornograficzne wręcz opisy stanów uniesień, zagubień w tej powieści zniechęcają mnie, pruderyjnego czytelnika, absolutnie. Ufam, że ta intymna wypowiedź jest ostrzeżeniem, świadectwem freudowskiej pomyłki osobowości. I tak utwór chcę traktować. Pomimo że formalne zabiegi i oceny narratora – bohatera za wszelką cenę chcą oddać pierwszeństwo językowi i sensacji. Albo nie nabrałem się na to, albo wstyd czytelnika przeważył. Ostrożnie z tą książką!

Michał Pabian
dramaturg, literaturoznawca

Znam autora tej książki! Znam Grossmana. Człowieka odważnego, pełnego pasji. Człowieka, który sam jest jak książka!

Janusz Palikot
polityk

„12" Grossmana to seksistowska, męska pornopowieść z zaskakującą puentą. Dobrze „niestety" napisana, wywołuje furię bezczelnością i sztampowością męskich pornofantazji. Dzieło to jest dla mnie żywym dowodem na postępujący w naszej kulturze paniczny męski lęk przed kobiecością.

Piotr Ratajczak
reżyser teatralny

Grossman musi się liczyć, że jego powieść nie spodoba się wszystkim. Że nawet w literackim środowisku wielu nazwie go erotomanem, pornografem, a nawet zboczeńcem. Autor nie idzie przetartymi szlakami, mówi własnym odważnym językiem i nazywa rzeczy po imieniu, a współczesne damsko-męskie relacje opisuje tak, jak naprawdę wyglądają, pełne zwierzęcego pożądania i jakże dalekie od miłości opisywanej przez wieszczy i aprobowanej przez Kościół katolicki.

„Dwanaście" to przesiąknięta seksem opowieść hedonisty, który rozbierając swoje erotyczne życie na czynniki pierwsze, jednocześnie dokonuje wiwisekcji współczesnego inteligentnego faceta, niezniewolonego żadną religią, dla którego jedyną bramą do raju jest kobieca wagina.

K.S. Rutkowski
pisarz

Grossman zachwycił mnie swoją książką. Przeczytałem ją od początku do końca – linijkę po linijce, i dopiero koniec dzieła wyjaśnił mi, z jakim przypadkiem patologii mam do czynienia.

Początek lektury kazał mi się zachwycać tym, że świat jest piękny. Bo kiedy Ewa oddaje Adamowi swój Raj, nie ma nic piękniejszego na tym świecie niż wspólne bycie w Raju. Potem pogoń za coraz cudniejszym rajem kończy się tak nieoczekiwanie...

Lektura tej powieści odkłamuje neurotyczne lęki i fantazje na temat seksu. Również wulgaryzmy, jakimi posługuje się autor w dialogach bohatera z obiektami swojego pożądania, nie rażą. Jedynie utwierdzają nas w tym, że kto mówi takim językiem, ma w sobie syndrom Zespołu Gilles de la Tourette'a. Książka pełni również rolę terapeutyczną, przestrzegając przed wzorcami zachowań na drodze poszukiwań właściwego modelu seksualnych aktywności. Gratuluję autorowi niezwykle interesującego dzieła i czekam na następne.

dr med. Janusz Szeluga
specj. psychiatra

Podziękowanie

Janeczko, dziękuję Ci za to,
że otworzyłaś w mojej głowie drzwi,
o których istnieniu nie miałem pojęcia.
Autor